西湖梦寻

〔清〕张岱 著

罗伟 注译

北方文艺出版社

图书在版编目（CIP）数据

西湖梦寻 /（清）张岱著；罗伟注译 . -- 哈尔滨：
北方文艺出版社，2019.9（2021.3 重印）
ISBN 978-7-5317-4585-3

Ⅰ . ①西… Ⅱ . ①张… ②罗… Ⅲ . ①古典散文 – 散
文集 – 中国 – 清代 Ⅳ . ① I264.9

中国版本图书馆 CIP 数据核字（2019）第 138115 号

西 湖 梦 寻
XIHU MENGXUN

作　者 /［清］张　岱　　　　　　　注　译 / 罗　伟
责任编辑 / 张贺然　　　　　　　　封面设计 / 琥珀视觉

出版发行 / 北方文艺出版社　　　　邮　编 / 150008
发行电话 /（0451）86825533　　　经　销 / 新华书店
地　址 / 哈尔滨市南岗区宣庆小区 1 号楼　　网　址 / www.bfwy.com

印　刷 / 三河市南阳印刷有限公司　　开　本 / 880mm×1230mm　1/32
字　数 / 150 千　　　　　　　　　　印　张 / 7
版　次 / 2019 年 9 月第 1 版　　　　印　次 / 2021 年 3 月第 2 次印刷

书　号 / ISBN 978-7-5317-4585-3　　定　价 / 32.00 元

目　录

自　序

　　余生不辰[1]，阔别西湖二十八载，然西湖无日不入吾梦中，而梦中之西湖，未尝一日别余也。前甲午、丁酉[2]，两至西湖，如涌金门[3]商氏[4]之楼外楼，祁氏[5]之偶居，钱氏、余氏[6]之别墅，及余家之寄园，一带湖庄，仅存瓦砾。则是余梦中所有者，反为西湖所无。及至断桥[7]一望，凡昔日之弱柳夭桃、歌楼舞榭，如洪水淹没，百不存一矣。余乃急急走避，谓余为西湖而来，今所见若此，反不若保我梦中之西湖，尚得完全无恙也。因想余梦与李供奉[8]异。供奉之梦天姥也，如神女名姝，梦所未见，其梦也幻。余之梦西湖也，如家园眷属，梦所故有，其梦也真。今余儗[9]居他氏已二十三载，梦中犹在故居。旧役小傒，今已白头，梦中仍是总角。夙习未除，故态难脱。而今而后，余但向蝶庵[10]岑寂，蘧榻[11]于徐，惟吾旧梦是保，一派西湖景色，犹端然未动也。儿曹诘问，偶为言之，总是梦中说梦，非魇即呓也。因作《梦寻》七十二则，留之后世，以作西湖之影。余犹山中人，归自海上，盛称海错[12]之美，乡人竞来共舐其眼。嗟嗟！金齑瑶柱[13]，过舌即空，则舐[14]眼亦何救其馋哉！

　　　　岁辛亥七月既望[15]，古剑[16]蝶庵老人张岱题。

【注释】

[1] 不辰：不逢时。

[2] 甲午：清顺治十一年（1654）。丁酉：清顺治十四年（1657）。

[3] 涌金门：古代杭州西城门之一。五代时，吴越王引西湖水入城，称涌金池，在此筑涌金门，门濒临西湖。传说西湖中"金牛涌现"即在此处，因而得名。今已不存。

[4] 商氏：指明代吏部尚书商周祚。

[5] 祁氏：指明代右佥都御史祁彪佳。

[6] 钱氏：指明代东阁大学士钱象坤。余氏：指明代翰林院修撰余煌。

[7] 断桥：本名宝祐桥，自唐时即名断桥。据说是因为从孤山来的路（白堤）至此而断，故名"断桥"。"断桥残雪"为西湖十景之一。

[8] 李供奉：唐代诗人李白。玄宗天宝初，曾任供奉翰林院，故称。他曾作《梦游天姥吟留别》诗，诗中梦见"列缺霹雳，丘峦崩摧。洞天石扉，訇然中开。青冥浩荡不见底，日月照耀金银台。霓为衣兮风为马，云之君兮纷纷而来下。虎鼓瑟兮鸾回车，仙之人兮列如麻"，即作者所谓的"梦所未见"。

[9] 僦：租赁。

[10] 蝶庵：典出《庄子·齐物论》。记庄子梦为蝴蝶，醒来后，不知"周之梦为胡蝶欤，胡蝶之梦为周欤"，有梦幻非真之意。作者晚号蝶庵。

[11] 蘧榻：梦醒之床榻。《庄子·大宗师》：成然寐，蘧然觉，惊喜貌。又，蘧，草名。蘧榻，可作草榻解。

[12] 海错：海产种类繁多，统称海错。

[13] 金齑瑶柱：比喻山珍海味。金齑，吴中以菰菜为羹，菜

色黄如金子，故名。瑶柱，即江瑶柱，贝类，其肉质鲜美，为海味珍品。苏轼《和蒋夔寄茶》："金齑玉脍饭炊雪，海螯江柱初脱泉。"

[14]舐：以舌取食或舐物。

[15]岁辛亥：清康熙十年（1671）。既望：农历每月十六日。

[16]古剑：作者祖籍为四川绵竹，四川古有剑州，故作者自称"古剑"。

卷一

西湖总记

明圣二湖 [1]

自马臻 [2] 开鉴湖，而由汉及唐，得名最早。后至北宋，西湖起而夺之，人皆奔走西湖，而鉴湖之淡远，自不及西湖之冶艳矣。至于湘湖 [3] 则僻处萧然，舟车罕至，故韵士高人无有齿及之者。余弟毅孺 [4] 常比西湖为美人，湘湖为隐士，鉴湖为神仙。余不谓然。余以湘湖为处子，眠娗 [5] 羞涩，犹及见其未嫁之时；而鉴湖为名门闺淑，可钦而不可狎；若西湖则为曲中 [6] 名妓，声色俱丽，然倚门献笑，人人得而媟亵之矣。人人得而媟亵，故人人得而艳羡；人人得而艳羡，故人人得而轻慢。在春夏则热闹之至，秋冬则冷落矣；在花朝则喧哄之至，月夕则星散矣；在晴明则萍聚之至，雨雪则寂寥矣。故余尝谓：

"善读书，无过董遇三余 [7]，而善游湖者，亦无过董遇三余。董遇曰：'冬者，岁之余也；夜者，日之余也；雨者，月之余也。'雪巘古梅，何逊烟堤高柳；夜月空明，何逊朝花绰约；雨色涳濛，何逊晴光潋滟 [8]。深情领略，是在解人 [9]。"即湖上四贤 [10]，余亦谓："乐天 [11] 之旷达，固不若和靖 [12] 之静深；邺侯 [13] 之荒诞，自不若东坡 [14] 之灵敏也。"其余如贾似道 [15] 之豪奢，孙东瀛 [16] 之华赡，虽在西湖数十年，用钱数十万，其于西湖之性情、西湖之风味，实有未曾梦见者在也。世间措大[17]，何得易言游湖。

苏轼《夜泛西湖》诗：

菰蒲无边水茫茫，荷花夜开风露香。
渐见灯明出远寺，更待月黑看湖光。

又《湖上夜归》诗：

我饮不尽器，半酣尤味长。
篮舆湖上归，春风吹面凉。
行到孤山西，夜色已苍苍。
清吟杂梦寐，得句旋已忘。
尚记梨花村，依依闻暗香。

又《怀西湖寄晁美叔[18]》诗：

西湖天下景，游者无愚贤。
深浅随所得，谁能识其全。
嗟我本狂直，早为世所捐[19]。
独专山水乐，付与宁非天。
三百六十寺，幽寻遂穷年。
所至得其妙，心知口难传。
至今清夜梦，耳目余芳鲜。
君持使者节，风采烁云烟[20]。

清流与碧巘，安肯为君妍。

胡不屏骑从，暂借僧榻眠。

读我壁间诗，清凉洗烦煎。

策杖无道路，直造意所使。

应逢古渔父，苇间自羹缘[21]。

问道若有得，买鱼弗论钱。

李奎[22]《西湖》诗：

锦帐开桃岸，兰桡[23]系柳津。

鸟歌如劝酒，花笑欲留人。

钟磬千山夕，楼台十里春。

回看香雾里，罗绮六桥[24]新。

苏轼《开西湖》诗：

伟人谋议不求多，事定纷纭自唯阿[25]。

尽放龟鱼还绿净，肯容萧苇障前坡。

一朝美事谁能继，百尺苍崖尚可磨。

天上列星当亦喜，月明时下浴金波。

周立勋[26]《西湖》诗：

平湖[27]初涨绿如天，荒草无情不记年。

犹有当时歌舞地[28]，西泠烟雨丽人船。

夏炜[29]《西湖竹枝词》：

四面空波卷笑声，湖光今日最分明。
舟人莫定游何外，但望鸳鸯睡处行。
平湖竟日只溟濛[30]，不信韶光只此中。
笑拾杨花装半臂，恐郎到晚怯春风。
行觞次第到湖湾，不许莺花半刻闲。
眼看谁家金络马，日驮春色向孤山。
春波四合没晴沙，昼在湖船夜在家。
怪杀春风归不断，担头原自插梅花。

欧阳修[31]《西湖》诗：

菡萏香消画舸浮，使君宁复忆扬州。
都将二十四桥[32]月，换得西湖十顷秋。

赵子昂[33]《西湖》诗：

春阴柳絮不能飞，雨足蒲芽绿更肥。
只恐前呵惊白鹭，独骑款段[34]绕湖归。

袁宏道[35]《西湖总评》诗：

龙井饶甘泉，飞来富石骨。
苏桥十里风，胜果[36]一天月。

钱祠无佳处，一片[37]好石碣。

孤山旧亭子[38]，凉荫满林樾。

一年一桃花，一岁一白发。

南高看云生，北高见月没。

楚人[39]无羽毛，能得几游越。

范景文[40]《西湖》诗：

湖边多少游观者，半在断桥烟雨间。

尽逐春风看歌舞，几人着眼看青山。

张岱《西湖》诗：

追想西湖始，何缘得此名。恍逢西子面，大服古人评[41]。

冶艳山川合，风姿烟雨生。奈何呼不已，一往有深情[42]。

一望烟光里，沧茫不可寻。吾乡争道上，此地说湖心[43]。

泼墨米颠[44]画，移情伯子琴[45]。南华秋水意，千古有人钦。

到岸人心去，月来不看湖。渔灯隔水见，堤树带烟糢。

真意言词尽，淡妆脂粉无。问谁能领略，此际有髯苏。

又《西湖十景》诗：

一峰一高人，两人相与语。

此地有西湖，勾留不肯去。

（两峰插云）

湖气冷如冰，月光淡于雪。

肯弃与三潭，杭人不看月。

（三潭印月）

高柳荫长堤，疏疏漏残月。

蹑躞^[47]步松沙，恍疑是踏雪。

（断桥残雪）

夜气瀹南屏，轻岚薄如纸。

钟声出上方，夜渡空江水。

（南屏晚钟^[48]）

烟柳幕桃花，红玉沉秋水。

文弱不胜夜，西施刚睡起。

（苏堤春晓^[49]）

颊上带微酡，解颐开笑口。

何物醉荷花，暖风原似酒。

（曲院风荷^[50]）

深柳叫黄鹂，清音入空翠。

若果有诗肠，不应比鼓吹^[51]。

（柳浪闻莺^[52]）

残塔临湖岸，颓然一醉翁。

奇情在瓦砾，何必藉人工。

（雷峰夕照[53]）

秋空见皓月，冷气入林皋。

静听孤飞雁，声轻天正高。

（平湖秋月）

深恨放生池，无端造鱼狱。

今来花港中，肯受人拘束？

（花港观鱼[54]）

柳耆卿[55]《望海潮》词：

东南形胜，三吴[56]都会，钱塘自古繁华。烟柳画桥，风帘翠幕，
参差十万人家。云树绕堤沙。怒涛卷霜雪，天堑无涯。市列珠玑，
户盈罗绮，竞豪奢。

重湖叠𪩘清佳，有三秋桂子，十里荷花。羌管弄晴，菱歌泛夜，
嬉嬉钓叟莲娃。千骑拥高牙。乘醉听箫鼓，吟赏烟霞。异日图将好景，
归去凤池[57]夸。（金主[58]阅此词，慕西湖胜景，遂起投鞭渡江
之思。）

于国宝[59]《风入松》词：

一春常费买花钱，日日醉湖边。玉骢惯识西湖路，骄嘶过、
沽酒楼前。红杏香中箫鼓，绿杨影里秋千。

暖风十里丽人天[60]，花压鬓云偏。画船载得春归去，余情付、湖水湖烟。明日重扶残醉，来寻陌上花钿。

【注释】

[1] 明圣二湖：指西湖的里湖和外湖。明圣为西湖古名。田汝成《西湖游览志》卷一："西湖，故明圣湖也。周绕三十里。三面环山，溪谷缕注，下有渊泉百道，潴而为湖。"

[2] 马臻：《越中杂识·名宦》："马臻，字叔荐，不详何处人。（东晋）永和中，为会稽太守。创筑镜湖长堤以蓄水，旱则泄湖灌田，潦则闭湖泄田水入海。其塘周回三百一十里，溉田九千余顷，民其赖之。"鉴湖，即镜湖，在今浙江绍兴。

[3] 湘湖：在浙江萧山城西。

[4] 毅孺：作者族弟张弘，字毅孺。

[5] 眠娗：同"腼腆"。

[6] 曲中：妓坊的通称。

[7] 董遇：字季直。魏明帝时，官至大司农。性质讷而好学，精治《老子》《左传》。《三国志》卷十三裴松之引《魏略》曰："从学者云：苦渴无日。遇言：'当以三余。'或问'三余'之意，遇言：'冬者岁之余，夜者日之余，阴雨者时之余也。'"

[8] "雨色"二句：化用苏轼《饮湖上初晴后雨》："水光潋滟晴方好，山色空濛雨亦奇。"

[9] 解人：领会意趣之人。《世说新语·文学》："非但能言人不可得，正索解人亦不可得。"

[10] 四贤：《西湖游览志》卷二："四贤堂，正德间郡守杨孟瑛建，以祀唐刺史李公泌、白公居易、宋守苏公轼、处士林公逋者。"

［11］乐天：白居易，字乐天，唐代诗人。唐穆宗时任杭州刺史，筑湖堤以泄湖水，溉田千顷。

［12］和靖：林逋，字君复，宋初钱塘人，隐居孤山，构巢居阁，绕植梅花，吟咏自适。客至，则童子放鹤招之。人称"梅妻鹤子"。宋真宗赐号和靖处士。

［13］邺侯：李泌，字长源，唐京兆（长安）人。历仕玄、肃、代、德四朝，位至宰相，封邺侯。多智谋，好道术神仙，故下文称其"荒诞"。代宗时任杭州刺史，曾开六井，引西湖水便民饮用。

［14］东坡：苏轼，字子瞻，号东坡居士，北宋文学家，哲宗时任杭州知府，浚湖筑堤，民立祠祀之。下文的"髯苏"也指苏轼，因其多须，故称。

［15］贾似道：字师宪，浙江天台人。南宋末年奸相，专权，贪婪荒淫。曾为平章军国重事都督诸路军马。

［16］孙东瀛：孙隆，号东瀛，明代万历时任司礼太监，奉派提督苏杭织造。尝费数十万金，修葺西湖名胜。

［17］措大：贫寒失意之士。

［18］晁美叔：晁端彦，字美叔，清丰（今河南）人。官至秘书少监，卒赠开府仪同三司。与苏轼同为嘉祐二年（1057）进士，同为主考官欧阳修门下，两人政见相同，遭遇相似，多有诗文酬唱。

［19］早为世所捐：苏轼因与王安石变法政见不合，熙宁四年（1071）求放外任，通判杭州。元祐四年（1089），因论事为当事者不容，乞求外调，以龙图阁学士知杭州。

［20］君持使者节：应指晁端彦元祐初以司勋员外郎任贺辽国正旦使。

［21］夤缘：攀附连络。此指依循而行。

［22］李奎：号珠山，明嘉靖人士，与茅坤等人为西湖之游组

诗社，诗酒唱和。有《西湖舟中》《游天竺寺有怀谢康乐》等诗。

［23］兰桡：小舟的美称。桡，桨。

［24］六桥：指苏堤上的映波、望山、压堤、锁澜、东浦、跨虹六座桥。

［25］唯阿：应诺声，比喻差别很小。

［26］周立勋：字勒卣，松江（今属上海）人。明末几社成员。与同里陈子龙、夏允彝齐名，为"云间五子"之一。曾参与编辑《皇明经世文编》。

［27］平湖：位于白堤西端，孤山南麓。"平湖秋月"为西湖十景之一。

［28］时歌舞地：杭州为南宋京城临安。诗人林升《题临安邸》诗讽刺南宋统治者醉生梦死："山外青山楼外楼，西湖歌舞几时休？暖风薰得游人醉，直把杭州作汴州。"

［29］夏炜：字汝华，号缄庵，浙江乌程人。明万历进士。资助南康府推事李应升重修《白鹿洞书院志》并为之作序。

［30］溟濛：朦胧，模糊不清貌。

［31］欧阳修：字永叔，号醉翁、六一居士，庐陵人。北宋著名政治家、文学家。官至枢密副使、参知政事。因议新政，与王安石政见不合，致仕。谥文忠，有《欧阳文忠公集》行世。

［32］二十四桥：在扬州。一说实有二十四座桥，见沈括《梦溪笔谈·补笔谈》。另一说桥名"二十四桥"，见李斗《扬州画舫录》。杜牧《寄扬州韩绰判官》广为流传："青山隐隐水迢迢，秋尽江南草未凋。二十四桥明月夜，玉人何处教吹箫。"

［33］赵子昂：赵孟頫，字子昂，号松雪道人，吴兴（今浙江湖州）人，赵宋皇族裔孙。宋元之际的书画家，官至翰林学士承旨，封吴兴郡公，后结仕隐。书法绘画，冠首元代。

［34］款段：马行迟缓貌。

［35］袁宏道：字中郎，号石公，荆州公安（今属湖北）人，明代文学家，在"三袁"（兄宗道、弟中道）中成就最高。万历进士，先后任吴县知县、顺天府教授、国子监史部郎官等。明末文坛公安派领袖，提出"独抒性灵，不拘格套"的文学主张，反对"文必秦汉，诗必盛唐"的拟古说。有《袁宏道集》。

［36］胜果：胜果寺。

［37］一片：梁庾信读北魏温子升《韩陵山寺碑》，有人问："北方文士何如？"庾信答："唯有韩陵山一片石堪共语。"此处为称赞钱王祠中苏轼所撰《表忠观碑记》。

［38］孤山旧亭子：指元人为纪念林逋，在孤山麓所建的放鹤亭。

［39］楚人：袁宏道自称，因其籍贯湖北公安系楚国故地。

［40］范景文：字梦章，号思仁，河间吴桥（今属河北）人。万历进士，官至工部尚书兼东阁大学士。明亡，自尽。

［41］古人评：指苏轼在《饮湖上初晴后雨》一诗中将西湖比作西子。

［42］"奈何"句：《世说新语·任诞》："桓子野每闻清歌，辄唤奈何。谢公闻之曰：'子野可谓一往有深情。'"

［43］"吾乡"句：张岱系会稽山阴人，《世说新语·言语》："从山阴道上行，山川自相映发，使人应接不暇。"

［44］米颠：米芾，字元章，号鹿门居士、海岳外史等。北宋著名书画家。举止颠狂，人称"米颠"。宋徽宗时，召为书画博士。长于山水，多用水墨点染，有变幻无穷之妙，画史称"米点山水"。

［45］伯子琴：传说古代俞伯牙善琴，钟子期为其知音。

［46］南华秋水意：《庄子》又称《南华经》，其《秋水》篇旨

在破解人间大小、是非、贵贱的执着分别，回归道的物我两忘的境界。

[47]躃躠：跛行，尽力前行貌。

[48]南屏晚钟：杭州南屏山净慈寺内，唐宋时铸有铜钟。薄暮寺钟长鸣，众山皆应，清越悠扬。西湖十景之一。

[49]苏堤春晓：苏轼知杭州时疏浚西湖，取湖泥、葑草筑成苏堤，南起南屏山，北至栖霞岭，夹堤遍植杨柳、碧桃及各种花木，为西湖十景之一。

[50]曲院风荷：在杭州苏堤跨虹桥西北。南宋时，有酿官酒的蛐院，院植荷藕，花开香风四起，有"麹院荷风"之名。清康熙南巡，改名"曲院风荷"。

[51]鼓吹：用鼓、萧、笳等合奏的乐曲。这里指蛙噪。

[52]柳浪闻莺：在西湖东南岸，涌金门至清波门之间。南宋时为御花园，园中有柳浪桥，轻风拂柳，碧浪起伏，莺啭其间。故名。西湖十景之一。

[53]雷峰夕照：西湖南岸夕照山雷峰上，吴越王钱俶为黄妃造塔，称黄妃塔，又名雷峰塔。夕阳下，晚霞镀塔，佛光普照。西湖十景之一。

[54]花港观鱼：南宋时，苏堤第三桥与西岸第四桥相隔一水，名为花港，水通花家山。山下有卢园，凿池养鱼，故有"花港观鱼"之名。

[55]柳耆卿：柳永，字耆卿，福建崇安人。北宋著名词人。景祐进士，官屯田员外郎。为人放浪不羁，精通音律，出入歌榭舞楼，为歌伎乐工创作了大量宜于歌唱的长调慢曲，通俗俚浅，有"凡有井水处，即能歌柳词"之说。望海潮，柳永所创长调曲牌名。

［56］三吴：吴郡、吴兴郡和会稽郡，古称"三吴"。钱塘旧属吴郡。

［57］凤池：凤凰池，指中书省。因中书省在禁苑，苑中有凤凰池，故以代称。此泛指朝廷。

［58］金主：罗大经《鹤林玉露》卷一："孙何帅钱塘，柳耆卿作《望海潮》词赠之。此词流播，金主亮闻歌，欣然有慕于'三秋桂子，十里荷花'。遂起投鞭渡江之志。"金主，指金国海陵王完颜亮，曾率兵攻南宋。

［59］于国宝：应作俞国宝，号醒庵，南宋江西派诗人。有《醒庵遗珠集》十卷。风入松，词牌名，双调，七十四或七十六字。晋嵇康有古琴曲。

［60］丽人天：用杜甫《丽人行》"三月三日天气晴，长安水边多丽人"之句意。

西湖北路

玉莲亭

　　白乐天守杭州，政平讼简。贫民有犯法者，于西湖种树几株；富民有赎罪者，令于西湖开葑田[1]数亩。历任多年，湖葑尽拓，树木成荫。乐天每于此地，载妓看山，寻花问柳。居民设像祀之。亭临湖岸，多种青莲，以象公之洁白。

　　右折而北，为缆舟亭，楼船鳞集，高柳长堤。游人至此买舫入湖者，喧阗[2]如市。东去为玉凫园，湖水一角，僻处城阿，舟楫罕到。寓西湖者，欲避嚣杂，莫于此地为宜。园中有楼，倚窗南望，沙际水明，常见浴凫[3]数百出没波心，此景幽绝。

白居易《玉莲亭》诗：

湖上春来似画图，乱峰围绕水平铺。

松排山面千层翠，月照波心一点珠。

碧毯绿头抽早麦，青罗裙带展新蒲[4]。

未能抛得杭州去，一半勾留是此湖。

孤山寺北贾亭[5]西，水面初平云脚低[6]。

几处早莺争暖谷，谁家新燕啄春泥。

乱花渐欲迷人眼，浅草才能没马蹄。

最爱湖东行不足，绿杨阴里白沙堤。

【注释】

[1] 葑田：水已干涸，杂草丛生的湖沼。

[2] 喧阗：哄闹声。

[3] 凫：野鸭。

[4]"青罗"句：河中的菖蒲，似罗裙飘青带。

[5] 贾亭：贾全任杭州刺史时建，后废弃。

[6]云脚低：湖面的水汽和云雾结合，呈薄练低垂状，故称云脚。

昭庆寺[1]

昭庆寺，自狮子峰[2]、屯霞石[3]发脉，堪舆家谓之火龙。石晋[4]元年始创，毁于钱氏乾德[5]五年。宋太平兴国[6]元年重建，立戒坛。天禧[7]初，改名昭庆。是岁又火。迨明洪武至成化[8]，凡修而火者再。四年奉敕再建，廉访杨继宗[9]监修。有湖州富民应募，挚万金来。殿宇室庐，颇极壮丽。嘉靖[10]三十四年以倭乱，恐贼据为巢，遽火之。事平再造，遂用堪舆家说，辟除民舍，使寺门见水，以厌火灾。隆庆[11]三年复毁。万历[12]十七年，司礼监[13]太监孙隆以织造助建，悬幢列鼎，绝盛一时。而两庑栉比，皆市廛精肆[14]，奇货可居。春时有香市[15]，与南海、天竺[16]、山东香客及乡村妇女儿童，往来交易，人声嘈杂，舌敝耳聋，抵夏方止。崇祯十三年又火，烟焰障天，湖水为赤。

及至清初，踵事增华[17]，戒坛整肃，较之前代，尤更庄严。一说建寺时，为钱武肃王[18]八十大寿，寺僧圆净订缁流[19]古朴、天香、胜莲、胜林、慈受、慈云等，结莲社[20]，诵经放生，为王祝寿。每月朔，登坛设戒，居民行香礼佛，以昭王之功德，因名昭庆。今以古德诸号，即为房名。

袁宏道《昭庆寺小记》：

从武林门[21]而西，望保俶塔，突兀层崖中，则已心飞湖上也。午刻[22]入昭庆，茶毕，即掉小舟入湖。山色如娥，花光如颊，温风如酒，波纹如绫，才一举头，已不觉目酣神醉。此时欲下一语描写不得，大约如东阿王[23]梦中初遇洛神时也。余游西湖始此，时万历丁酉[24]二月十四日也。晚同子公[25]渡净寺，觅小修旧住僧房。取道由六桥、岳坟归。草草领略，未极遍赏。阅数日，陶周望兄弟[26]至。

张岱《西湖香市记》：

西湖香市，起于花朝[27]，尽于端午。山东进香普陀者日至，嘉湖[28]进香天竺者日至，至则与湖之人市焉，故曰香市。然进香之人市于三天竺[29]，市于岳王坟，市于湖心亭，市于陆宣公祠，无不市，而独凑集于昭庆寺。昭庆寺两廊故无日不市者，三代八朝之古董，蛮夷闽貊之珍异，皆集焉。至香市，则殿中边甬道上下、池左右、山门内外，有屋则摊，无屋则厂，厂外又棚，棚外又摊，节节寸寸。凡胭脂簪珥[30]、牙尺剪刀，以至经典木鱼、伢儿[31]嬉具之类，无不集。此时春暖，桃柳明媚，鼓吹清和，岸无留船，寓无留容，肆无留酿。袁石公所谓"山色如娥，花光如颊，温风如酒，波纹如绫"，已画出西湖三月。而此以香客杂来，光景又别。士女闲都[32]，不胜其村妆野妇之乔画；芳兰茝[33]泽，不胜其合香茉莉之薰蒸；丝竹管弦，不胜其摇鼓欱笙之聒帐[34]；鼎彝[35]光怪，不胜其泥人竹马之行情；宋元名画，不胜其湖景佛图之纸贵。如逃如逐，如奔如追，撩扑不开，牵挽不住。数百十万男男女女、老老少少，日簇拥于寺之前后左右者，凡四阅月[36]方罢。恐大江以东，断无此二地矣。崇祯庚辰三月，昭庆寺火。是岁及辛巳、壬午[37]洊饥，民强半饿死。壬午虏鲠山东[38]，香客断绝，无有至者，市遂废。辛巳夏，余在西湖，但见城中饿殍异出，扛挽相属。时杭州刘太守梦谦[39]，汴梁人，乡里抽丰[40]者多寓西湖，日以民词馈送。有轻薄子改古诗诮之曰："山不青山楼不楼，西湖歌舞一时休。暖风吹得死人臭，还把杭州送汴州。"[41]可作西湖实录。

【注释】

[1] 昭庆寺：又称昭庆律寺。在历史上曾屡建屡毁。今不存。

[2] 狮子峰：在宝石山上，以形似名之。

[3] 屯霞石：在宝石山上，"色赭如霞，介立崖畔"。

[4] 石晋：指石敬瑭所建的后晋，公元936年石敬瑭灭后唐称帝，国号晋，史称后晋。元年即天福元年（936）。

[5] 钱氏乾德：五代吴越国钱氏所奉宋太祖赵匡胤的年号。

[6] 太平兴国：宋太宗年号。元年即976年。

[7] 天禧：宋真宗年号。

[8] 洪武：明太祖的年号。成化：明宪宗的年号。

[9] 杨继宗：字承芳，号直斋，山西阳城人。明代著名廉吏。

天顺进士。刚正廉洁，人莫敢犯。按察地方，为民除弊兴利。

[10] 嘉靖：明世宗年号。

[11] 隆庆：明穆宗年号。

[12] 万历：明神宗年号。

[13] 司礼监：明代官署名。明朝设二十四太监衙门，以司礼监居首。孙隆：明神宗派往苏杭提监织造兼管税收的太监，后于万历二十九年（1601）驻苏州督税，曾激起民变。

[14] 市廛精肆：市场商家。廛，官府所建供商人存储货物的房所。

[15] 香市：由各地香客聚集形成的交易市场。

[16] 南海：指普陀山，传为南海观音的道场。

[17] 踵事增华：继承前代成就，并有所创新。语出萧统《文选序》。

[18] 钱武肃王：钱镠。唐末拥兵两浙，以镇压黄巢起义。五代十国时吴越国的创建者，谥武肃。

[19] 缁流：僧徒。以僧着缁（黑）衣，故称。

[20] 莲社：东晋僧慧远居庐山东林寺，创立奉佛教净土宗的组织。寺中有白莲池，故得名莲社，或称白莲社。

[21] 武林门：杭州最古老的北城门。原名余杭门，明后改称武林门。

[22] 午刻：上十一点至下午一点。

[23] "大约如东阿王"句：相传三国时东阿王曹植过洛水，梦见神女宓妃，因其美丽作《洛神赋》。

[24] 万历丁酉：万历二十五年（1597）。

[25] 子公：方文撰，字子公，袁宏道的门客，随游杭州。

[26] 陶周望兄弟：兄陶望龄，字周望，号石篑，会稽人。万历十七年（1589）以会试第一殿试第三任翰林编修。弟陶奭龄，字君奭，

一字公望，号石梁，与兄并称"二陶"。

[27]花朝：浙间风俗，农历二月十五百花生日，号花朝节。也有二月初二、二月十二的说法。

[28]嘉湖：浙江嘉兴湖州地区。

[29]三天竺：指杭州天竺山三寺，即上天竺法喜寺、中天竺法净寺、下天竺法镜寺。

[30]簪：用以绾定发髻的首饰。珥：耳饰。

[31]伢儿：吴越方言，称呼儿童。

[32]闲都：娴雅优美。都，优美。《诗经 郑风 有女同车》："彼美孟姜，洵美且都。"

[33]芗：通"香"。

[34]聒帐：众声齐作，通宵达旦。

[35]鼎彝：古代宗庙祭祀的青铜礼器。

[36]四阅月：经过四个月。阅，经历。

[37]崇祯庚辰、辛巳、壬午：分别为崇祯十三（1640）、十四（1641）、十五（1642）年。

[38]虏鲠山东：指清兵入侵。鲠，通"梗"，祸患。

[39]刘太守梦谦：刘梦谦，罗山（今河南信阳）人，崇祯时进士，任杭州太守。见《西湖梦寻·苏公堤》。

[40]抽丰：旧指找关系、走门路，向人索取财物。

[41]"山不青山"四句：套改南宋林升《题临安邸》诗："山外青山楼外楼，西湖歌舞几时休。暖风吹得游人醉，直把杭州作汴州。"

哇哇宕

哇哇石[1]在棋盘山上。昭庆寺后，有石池深不可测，峭壁横空，方圆可三四亩，空谷相传，声唤声应，如小儿啼焉。上有棋盘石，耸立山顶。其下烈士祠，为朱跸、金胜、祝威[2]诸人，皆宋时死金人难者，以其生前有护卫百姓功，故至今祀之。

屠隆[3]《哇哇宕》诗：

昭庆庄严尽佛图，如何空谷有呱呱。
千儿乳坠[4]成贤劫[5]，五觉声闻报给孤[6]。
流出桃花缘古宕，飞来怪石入冰壶。
隐身岩下传消息，任尔临崖动地呼。

【注释】

[1]哇哇石：石疑为"宕"。

[2]朱跸、金胜、祝威：三人均为南宋初年抗金而死的钱塘县的官吏。

[3]屠隆：号赤水，浙江鄞县人。晚明文学家。万历进士，曾任吏部主事、郎中等官职，后罢官回乡。

[4]乳坠：出生。

[5]贤劫：据佛经记载，天地从产生到毁灭历三住劫，过去住劫为庄严劫，现在住劫为贤劫，未来住劫为星宿劫，三大劫中，各有一千尊佛成，每当一尊佛入灭后，就要经历相当漫长的岁月，另一尊佛才会出现。

[6]五觉：佛教所谓的本觉、始觉、相似觉、随分觉和究竟觉。声闻：佛教三乘之一，谓由诵经听法而得道者。给孤：即给孤独，古印度长者，拯乏济贫，哀孤恤老。

大佛头

大石佛寺，考旧史，秦始皇东游入海，缆舟于此石上。后因贾平章[1]住里湖葛岭，宋大内[2]在凤凰山，相去二十余里，平章闻朝钟响，即下湖船，不用篙楫，用大锦缆绞动盘车[3]，则舟去如驶，大佛头，其系缆石桩也。平章败，后人镌为半身佛像，饰以黄金，构殿覆之，名大石佛院。至元末毁。明永乐[4]间，僧志琳重建，敕赐大佛禅寺。贾秋壑为误国奸人，其于山水书画古董，凡经其鉴赏，无不精妙。所制锦缆，亦自可人。一日临安失火，贾方在半闲堂斗蟋蟀，报者络绎，贾殊不顾，但曰："至太庙则报。"俄而，报者曰："火直至太庙矣！"贾从小肩舆，四力士以椎剑护，舁[5]舆人里许即易，倏忽至火所，下令肃然，不过曰："焚太庙者，斩殿帅[6]。"于是帅率勇士数十人，飞身上屋，一时扑灭。贾虽奸雄，威令必行，亦有快人处。

张岱《大石佛院》诗：

余少爱嬉游，名山恣探讨。

泰岳既嵬峨，补陀[7]复杳渺。

天竺放光明，齐云集百鸟[8]。

活佛与灵神，金身皆藐小。

自到南明山[9]，石佛出云表。

食指及拇指，七尺犹未了。

宝石更特殊，当年石工巧。

岩石数丈高，止塑一头脑。

量其半截腰，丈六犹嫌少。

问佛凡许长，人天不能晓。

但见往来人，盘旋如虮蚤。

而我独不然，参禅已到老。

入地而摩天，何在非佛道。

色相[10]求如来，巨细皆心造。

我视大佛头，仍然一茎草。

甄龙友[11]《西湖大佛头赞》：

色如黄金，面如满月。

尽大地人，只见一橛。

【注释】

[1]贾平章：即贾似道，见卷一《西湖总记·明圣二湖》。秋壑，是宋度宗为其别墅题的匾额，遂以为号。

[2]宋大内：指南宋在杭州的行宫，在凤凰山下。原为杭州州治，五代十国时为吴越钱王故宫。

[3]盘车：状如圆盘，用以击水使舟前进。

[4]永乐：明成祖的年号。

[5]舁：共同抬东西。

[6]殿帅：指宋时殿前都指挥使。

[7]补陀：即浙江宁波普陀山，佛教名山，为观音菩萨道场。

[8]"齐云"句：今安徽休宁齐云山，西北有齐云岩，相传其玄武殿真像由百鸟衔泥而塑。

[9] 南明山：在浙江新昌，其大石佛像造于南朝梁代。

[10] 色相：佛教指一切物质显现于外可见的形貌。

[11] 甄龙友：后改名良友，字云卿，永嘉（今属浙江）人，宋高宗时进士，官国子监簿。为人滑稽善辨，名冠一时。

保俶塔

宝石山[1]高六十三丈，周一十三里。钱武肃王封寿星宝石山，罗隐[2]为之记。其绝顶为宝峰，有保俶塔，一名宝所塔，盖保俶塔也。宋太平兴国元年，吴越王俶[3]，闻唐亡而惧，乃与妻孙氏、子惟濬、孙承祐入朝，恐其被留，许造塔以保之。称名，尊天子也。至都，赐礼贤宅以居，赏赉甚厚。留两月遣还，赐一黄袱，封识[4]甚固，戒曰：“途中宜密观。”及启之，则皆群臣乞留俶章疏也，俶甚感惧。既归，造塔以报佛恩。保俶之名，遂误为保叔。不知者遂有“保叔缘何不保夫”[5]之句。俶为人敬慎，放归后，每视事，徙坐东偏[6]，谓左右曰：“西北者，神京[7]在焉，天威不违颜咫尺[8]，俶敢宁居乎！”每修省入贡，焚香而后遣之。未几，以地归宋，封俶为淮海国王。其塔，元至正[9]末毁，僧慧炬重建。明成化[10]间又毁，正德[11]九年僧文铺再建。嘉靖元年又毁，二十二年僧永固再建。隆庆三年大风折其顶，塔亦渐圮，万历二十二年重修。其地有寿星石、屯霞石[12]。去寺百步，有看松台，俯临巨壑，凌驾松杪，看者惊悸。塔下石壁孤峭，缘壁有精庐四五间，为天然图画阁。

黄久文《冬日登保俶塔》诗：

当峰一塔微，落木净烟浦。

日寒山影瘦，霜泐[13]石棱苦。

山云自悠然，来者适为主。

与子欲谈心，松风代吾语。

夏公谨[14]《保俶塔》诗：

客到西湖上，春游尚及时。

石门深历险，山阁静凭危。

午寺鸣钟乱，风潮去舫迟。

清樽欢不极，醉笔更题诗。

钱思复[15]《保俶塔》诗：

金刹天开画，铁檐风语铃。

野云秋共白，江树晚逾青。

凿屋岩藏雨，粘崖石坠星。

下看湖上客，歌吹正沉冥。

【注释】

[1] 宝石山：本名巨石山，钱王封为寿星宝石山。

[2] 罗隐：字诏谏，余杭（今属浙江）人。唐末入镇海军节度使钱镠幕。有《罗昭谏集》，其诗文善讽善谑。

[3] 吴越王俶：钱俶，字文德，吴越国王，钱镠之孙。降宋，宋太祖即位，赐俶"开吴镇越荣文耀武功臣"（《续资治通鉴宋纪八》）。

［4］封识：封缄，款识。

［5］"不知者"句：全诗为："保叔缘何不保夫？夫情谅比叔情多。西湖纵有千顷水，难洗心头一点污。"作者不详。

［6］徙坐东偏：古代称帝者坐北朝南，故有南面称王之说。吴越地处东南，故以坐东偏，示臣服于宋。

［7］神京：北宋汴京，今河南开封。

［8］"天威"句：谓天子如在近旁。

［9］至正：元顺帝的年号。

［10］成化：明宪宗的年号。

［11］正德：明武宗的年号。

［12］寿星石：初名落星子，有两处，一在塔后，一在看松台下。各大数十围，湖中远望，圆活如星。

［13］渺：刻，勒。

［14］夏公谨：夏言，字公谨，号桂州，江西贵溪人。正德年间进士，嘉靖间官至内阁首辅。后见忌于严嵩，被杀。

［15］钱思复：钱惟善，字思复，号曲江居士，钱塘（今杭州）人。工书法，官至副提举。著有《江月松风集》。

玛瑙寺

玛瑙坡，在保俶塔西，碎石文莹[1]，质若玛瑙，土人采之，以镌图篆。晋时遂建玛瑙宝胜院，元末毁，明永乐间重建。有僧芳洲仆夫艺竹得泉，遂名仆夫泉。山巅有阁，凌空特起，凭眺最胜，俗称玛瑙山居。寺中有大钟，侈弇齐适[2]，舒而远闻，上铸《莲经》[3]七卷，《金刚经》[4]三十二分[5]。昼夜十二时，保[6]

六僧撞之。每撞一声，则《法华》七卷、《金刚》三十二分，字字皆声。吾想法夜闻钟，起人道念，一至旦昼，无不牿亡[7]。今于平明白昼时听钟声，猛为提醒，大地山河，都为震动，则铿镗[8]一响，是竟《法华》一转、《般若》一转矣。内典[9]云：人间钟鸣未歇际，地狱众生刑具暂脱此间也。鼎革以后，恐寺僧惰慢，不克如前。

张岱《玛瑙寺长鸣钟》诗：

女娲炼石如炼铜，铸出梵王[10]千斛钟。

仆夫泉清洗刷早，半是顽铜半玛瑙。

锤金琢玉昆吾刀[11]，盘旋钟纽走蒲牢[12]。

十万八千《法华》字，《金刚般若》居其次。

贝叶灵文[13]满背腹，一声撞破莲花狱[14]。

万鬼桁杨[15]暂脱离，不愁漏尽啼荒鸡。

昼夜百刻三千杵，菩萨慈悲泪如雨。

森罗殿前免刑戮，恶鬼狰狞齐退役。

一击渊渊大地惊，青莲字字有潮音[16]。

特为众生解冤结，共听毗庐广长舌[17]。

敢言佛说尽荒唐，劳我阇黎[18]日夜忙。

安得成汤开一面[19]，吉网罗钳都不见[20]。

【注释】

[1]文莹：布满花纹，通体晶莹。

[2]侈弇齐适：大小正合适。侈，宽大；弇，狭小。

［3］《莲经》：《妙法莲华经》的简称，又叫《法华经》，调和大小乘诸说，以为一切众生均能成佛。

［4］《金刚经》：《金刚般若经》的简称，译本颇多，以鸠摩罗什译的卷本最为流行。般若意译为智慧。

［5］分：佛经的章节。

［6］保：分派。

［7］"一至"句：《孟子·告子上》："其好恶与人相近也者几希，则其旦昼之所为有牿亡之矣。"牿亡，受桎梏而消亡。

［8］铿鍧：钟鼓相杂之声。

［9］内典：佛教徒称佛经为内典。

［10］梵王：指色界初禅天的大梵天王，也泛指此界诸天之王。

［11］昆吾刀：用昆吾山出产的赤铜制成的刀。传说"切玉如切泥"。

［12］"盘旋"句：铜钟上的钟纽是盘旋状的龙。钟纽：钟底供悬挂用的部分。蒲牢：传说龙有九子，蒲牢为第三子，性好吼，故为钟纽之状。

［13］贝叶灵文：指佛经。贝叶是一种取自贝多罗树的叶片，经特殊处理后，刻写经文，经久不坏。

［14］"一声"句：谓钟声撞破胎狱之苦，得莲花化生之乐。

［15］桁杨：加在颈或脚上的刑具。

［16］"青莲"句：撞击刻有《莲经》的钟，其声响如诵经。青莲：指佛经。 潮音：浙江宁波普陀山有潮音洞，此喻观音菩萨说法之声。

［17］毗庐：佛名，即大日如来毗卢遮那。广长舌：指佛舌长而广。

［18］阇黎：佛教徒之师，指能规范弟子品行的高僧。

［19］成汤开一面：即法不苛密，网开一面。

［20］吉网罗钳：据《旧唐书·酷吏传下·罗希奭》：唐天宝初，李林甫为相，任用酷吏吉温、罗希奭为御史。吉罗承李旨意，诬陷异己，制造冤狱，时称"罗钳吉网"。

智果寺

智果寺，旧在孤山，钱武肃王建。宋绍兴[1]间，造四圣观[2]，徙于大佛寺西。先是东坡守黄州，於潜僧道潜[3]，号参寥子，自吴来访，东坡梦与赋诗，有"寒食清明都过了，石泉槐火一时新"之句。后七年[4]，东坡守杭，参寥卜居智果，有泉出石罅间。寒食之明日，东坡来访，参寥汲泉煮茗，适符所梦。东坡四顾坛壝，谓参寥曰："某生平未尝至此，而眼界所视，皆若素所经历者。自此上忏堂，当有九十三级。"数之，果如其言，即谓参寥子曰："某前身寺中僧也，今日寺僧皆吾法属[5]耳，吾死后，当舍身为寺中伽蓝[6]。"参寥遂塑东坡像，供之伽蓝之列，留偈壁间，有："金刚开口笑钟楼，楼笑金刚雨打头，直待有邻通一线，两重公案一时修。"后寺破败。崇祯壬申[7]，有扬州茂才鲍同德字有邻者，来寓寺中。东坡两次入梦，属以修寺，鲍辞以"贫士安办此？"公曰："子第为之，自有助子者。"次日，见壁间偈有"有邻"二字，遂心动立愿，作《西泠记梦》，见人辄出示之。一日至邸，遇维扬[8]姚永言，备言其梦。座中有粤东谒选进士宋公兆禴者，甚为骇异。次日，宋公筮仕[9]，遂得仁和[10]。永言怂恿之，宋公力任其艰[11]，寺得再葺。时有泉适出寺后，好事者仍名之参寥泉焉。

[1]绍兴：宋高宗的年号。

[2]四圣观：即四圣延祥观，见卷三《西湖中路·六一泉》。

[3]於潜：县名，今属浙江临安，明清时属杭州府。道潜：北宋诗僧，号参寥子，与苏轼、秦观为诗友。因与苏轼反对王安石变法有牵连，被勒令还俗。徽宗时得昭雪，重新落发为僧。

[4]后七年：即北宋元祐四年（1089），苏轼以龙图阁学士出知杭州。

[5]法属：指一同修法者的后裔。

[6]伽蓝：梵语僧伽蓝的简称，即佛寺、僧院。

[7]崇祯壬申：崇祯五年（1632）。

[8]维扬：扬州的别称。

[9]筮仕：古人出仕前，先占凶吉，称筮仕。这里指初次任职。

[10]仁和：旧县名，在今浙江杭州。

[11]力任其艰：勉力承担这一艰巨的工作。

六贤祠

宋时西湖有三贤祠两：其一在孤山竹阁[1]。三贤者，白乐天、林和靖、苏东坡也。其一在龙井资圣院[2]。三贤者，赵阅道[3]、僧辨才[4]、苏东坡也。宝庆[5]间，袁樵移竹阁三贤祠于苏公堤，建亭馆以沾官酒。或题诗云："和靖、东坡、白乐天，三人秋菊荐寒泉，而今满面生尘土，欲与袁樵趁酒钱。"又据陈眉公[6]笔记，钱塘有水仙王庙，林和靖祠堂近之。东坡先生以和靖清节映世，遂移神像配食水仙王。黄山谷[7]有《水仙花》诗用此事："钱塘昔闻水仙庙，荆州今见水仙花，暗香靓色撩诗句，宜在孤山处士家。"则宋时所祀，止和靖一人。明正德三年，郡守杨孟瑛[8]重浚西湖，立四贤祠，以祀李邺侯、白、苏、林四人，杭人益以杨公，称五贤。而后乃祧[9]杨公，增祀周公维新[10]、王公弇州[11]，称六贤祠。张公亮[12]曰："湖上之祠，宜以久居其地，与风流标令[13]为山水深契者，乃列之。周公冷面，且为神明，有别祠矣。弇州文人，与湖非久要，今并四公而坐，恐难熟热也。"人服其确论。

张明弼《六贤祠》诗：

山川亦自有声气，西湖不易与人热。
五日京兆王弇州，冷面臬司[14]号寒铁。
原与湖山非久要，心胸不复留风月。
犹议当时李邺侯，西泠尚未通舟楫。
惟有林苏白乐天，真与烟霞相接纳。
风流俎豆[15]自千秋，松风菊露梅花雪。

【注释】

[1] 竹阁：原在孤山寺，白居易有诗《宿竹阁》。绍兴年间与寺一起移到北山。

[2] 龙井资圣院：即龙井寺，宋熙宁中，改为寿圣院。后辩才禅师归老于此，与苏子瞻、赵阅道友善，后人因建三贤祠祀之。

[3] 赵阅道：赵抃，字阅道，北宋浙江衢州人。任殿中侍御史，弹劾不避权贵，有"铁面御史"之称。后知杭州，致仕。

[4] 辩才：徐元净，字无象，杭州於潜人。出家居上天竺。说法二十年。生前多为人治病，杭人尊事之。与苏轼兄弟、秦观多有交往。

［5］宝庆：宋理宗的年号。

［6］陈眉公：陈继儒，字仲醇，号眉公，明松江华亭人。善诗文书画。有《眉公全集》。

［7］黄山谷：黄庭坚，字鲁直，号山谷道人，洪州分宁（今江西修水）人。北宋著名诗人。

［8］杨孟瑛：明成化进士，曾任杭州知州，历史上西湖治理的三大功臣之一。疏浚西湖淤泥成葑田，用淤泥、葑草在西里湖上筑长堤，堤上建六桥。后人为纪念杨孟瑛，称此堤为"杨公堤"，堤上六桥为"里六桥"。

［9］祧：迁去神主。

［10］周公维新：疑为周新，字维新，南海人。永乐初，为监察御史，多所弹劾。贵戚震惧，目为冷面寒铁（即下文张公亮所说"冷面"）。

［11］王公弇州：王世贞，字元美，号弇州山人，太仓（今属江苏）人。为人耿介，不附权贵，官至南京刑部尚书。主明文坛二十年。

［12］张公亮：张明弼，字公亮，江苏金坛人。崇祯进士。古文诗赋，擅名一时。曾任揭阳知县、台州推官等职。为复社重要成员。

［13］标令：卓越，杰出。

［14］冷面臬司：即周维新。臬司：明清各省提刑按察使司的简称。负责一省的刑狱诉讼事务，兼督察地方官员。［15］俎豆：古代祭祀、宴飨时盛食物的礼器。后引申为祭祀之意。

西泠桥

西泠桥一名西陵，或曰：即苏小小[1]结同心处也。及见方子公[2]诗有云："'数声渔笛知何处，疑在西泠第一桥。'陵作泠，苏小恐误。"余曰："管不得，只西陵便好。且白公断桥诗'柳色青藏苏小家'，断桥去此不远，岂不可借作西泠故实耶！"昔赵王孙孟坚子固[3]常客武林，值菖蒲节[4]，周公谨[5]同好事者邀子固游西湖。酒酣，子固脱帽，以酒晞发[6]，箕踞歌《离骚》，旁若无人。薄暮入西泠桥，掠孤山，舣舟[7]茂树间，指林麓最幽处，瞠目叫曰："此真洪谷子、董北苑[8]得意笔也。"邻舟数十，皆惊骇绝叹，以为真谪仙人。得山水之趣味者，东坡之后，复见此人。

袁宏道《西泠桥》诗：

西泠桥，水长在。松叶细如针，不肯结罗带。莺如衫，燕如钗，油壁车，砍为柴，青骢马，自西来。昨日树头花，今日陌上土。恨血与啼魂，一半逐风雨。

又《桃花雨》诗：

浅碧深红大半残，恶风催雨剪刀寒。
桃花不比杭州女，洗却胭脂不耐看。

李流芳[9]《西泠桥题画》：

余尝为孟旸[10]题扇："多宝峰头石欲摧，西泠桥边树不开。

轻烟薄雾斜阳下，曾泛扁舟小筑[11]来。"西泠桥树色，真使人可念，桥亦自有古色。近闻且改筑，当无复旧观矣。对此怅然。

【注释】

[1]苏小小：南齐杭州名妓。《乐府诗集》作《苏小小歌》："妾乘油壁车，郎跨青骢马。何处结同心，西陵松柏下。"

[2]方子公：方文僎，见《昭庆寺》注。

[3]赵王孙孟坚子固：赵孟坚，字子固，号彝斋。为宋宗室，故称"王孙"。

[4]菖蒲节：即端午节，因端午有悬菖蒲于门首驱邪避毒的风俗而得名。

[5]周公谨：周密，字公谨，号草窗。宋末人，曾任义乌令，宋亡不仕。著有《草窗词》《武林旧事》《齐东野语》等。

[6]以酒晞发：以酒湿发，然后披发使干。晞，干。

[7]舣舟：以舟附岸。

[8]洪谷子：荆浩，字浩然，沁水（今属山西）人。五代后梁著名画家。隐居太行山洪谷，号洪谷子。擅画山水，著有《笔法记》。董北苑：董源，字叔远，钟陵（今江西进贤）人。五代南唐著名画家。南唐中主时，任北苑副使，人称董北苑。擅画水墨和淡着色的山水。

[9]李流芳：字长蘅，与袁宏道均为晚明流连盘桓于杭州西湖、并多有诗文吟唱者。这是《西湖梦寻》中李流芳诗文特别多的原因。

[10]孟旸：程嘉燧，字孟旸，休宁（今安徽）人，流寓嘉定。

[11]小筑：万历年间，邹孟阳、仲锡兄弟与闻子将、子与兄

弟等人在邹氏兄弟的寓所小筑，成立文学团体"小筑社"，诗酒唱和。李流芳为其成员之一。

岳王坟

岳鄂王[1]死，狱卒隗顺[2]负其尸，逾城至北山以葬。后朝廷购求葬处，顺之子以告。及启棺如生，乃以礼服殓焉。隗顺，史失载。今之得以崇封祀享，肸蚃千秋[3]，皆顺力也。倪太史元璐[4]曰："岳王祠，泥范[5]忠武，铁铸桧、卨[6]，人之欲不朽桧、卨也，甚于忠武。"按公之改谥忠武，自隆庆四年。墓前之有秦桧、王氏[7]、万俟卨三像，始于正德八年，指挥李隆以铜铸之，旋为游人挝碎。后增张俊[8]一像。四人反接[9]，跪于丹墀。自万历二十六年，按察司副使范涞[10]易之以铁，游人椎击益狠，四首齐落，而下体为乱石所掷，止露肩背。旁墓为银瓶小姐。王被害，其女抱银瓶坠井中死。杨铁崖[11]乐府曰："岳家父，国之城；秦家奴，城之倾。皇天不灵，杀我父与兄。嗟我银瓶为我父，缇萦[12]生不赎父死，不如无生。千尺井，一尺瓶，瓶中之水精卫鸣。"墓前有分尸桧。天顺八年，杭州同知[13]马伟锯而植之，首尾分处，以示磔桧状。隆庆五年，大雷击折之。朱太史之俊[14]曰："一秦桧耳，铁首木心，俱不能保至此。"天启丁卯[15]，浙抚造祠媚珰[16]，穷工极巧，徙苏堤第一桥于百步之外，数日立成，骇其神速。崇祯改元，魏珰败，毁其祠，议以木石修王庙。卜之王，王弗许。岳云，王之养子，年十二从张宪[17]战，得其力，大捷，号曰"赢官人"，军中皆呼焉。手握两铁锤，重八十斤。王征伐，未尝不与，每立奇功，王辄隐之。官至左武大夫、忠州防御使。

/ 037 /

死年二十二，赠安远军承宣使。所用铁锤犹存。

张宪为王部将，屡立战功。绍兴十年，兀朮[18]屯兵临颍，宪破其兵，追奔十五里，中原大振。秦桧主和，班师。桧与张俊谋杀岳飞，诱飞部曲能告飞事者，卒无人应。张俊锻炼[19]宪，被掠无完肤，强辩不伏，卒以冤死。景定[20]二年，追封烈文侯。正德十二年，布衣王大祐发地得碣石，乃崇封焉。郡守梁材建庙，修撰唐皋记之。

牛皋[21]墓在栖霞岭上。皋字伯远，汝州人，岳鄂王部将，素立战功。秦桧惧其怨己，一日大会众军士，置毒害之。皋将死，叹曰："吾年近六十，官至侍从郎，一死何恨，但恨和议一成，国家日削。大丈夫不能以马革裹尸[22]报君父，是为叹耳！"

张景元[23]《岳坟小记》：

岳少保坟祠，祠南向，旧在阛阓[24]。孙中贵为买民居，开道临湖，殊惬大观。祠右衣冠葬焉。石门华表，形制不巨，雅有古色。

周诗[25]《岳王坟》诗：

将军埋骨处，过客式英风。
北伐生前烈，南枝死后忠。
干戈戎马异，涕泪古今同。
目断封丘上，苍苍夕照中。

高启[26]《岳王坟》诗：

大树无枝向北风，千年遗恨泣英雄。
班师诏已成三殿，射房书[27]犹说两宫。
每忆上方谁请剑，空嗟高庙[28]自藏弓。
栖霞岭上今回首，不见诸陵[29]白雾中。

唐顺之[30]《岳王坟》诗：

国耻犹未雪，身危亦自甘。
九原人不返，万壑气长寒。
岂恨藏弓早，终知借剑难。
吾生非壮士，于此发冲冠。

蔡汝南[31]《岳王墓》诗：
谁将三字狱[32]，堕此一长城 [33]。
北望真堪泪，南枝空自荣。
国随身共尽，君恃相为生。
落日松风起，犹闻剑戟鸣。

王世贞《岳坟》诗：

落日松杉覆古碑，英风飒飒动灵祠。
空传赤帝[34]中兴诏，自折黄龙大将旗。
三殿有人朝北极，六陵无树对南枝。

莫将乌喙论勾践，鸟尽弓藏也不悲。

徐渭[35]《岳坟》诗：

墓门惨淡碧湖中，丹膜[36]朱扉射水红。
四海龙蛇寒食后，六陵风雨大江东。
英雄几夜乾坤博，忠孝传家俎豆同。
肠断两宫终朔雪，年年麦饭[37]隔春风。

张岱《岳王坟》诗：

西泠烟雨岳王宫，鬼气阴森碧树丛。
函谷金人长堕泪，昭陵石马自嘶风。[38]
半天雷电金牌[39]冷，一族风波[40]夜壑红。
泥塑岳侯铁铸桧，只令千载骂奸雄。

董其昌[41]《岳坟柱对》：

南人归南，北人归北，小朝廷岂求活耶。
孝子死孝，忠臣死忠，大丈夫当如是矣。

张岱《岳坟柱铭》：

呼天悲铁像，此冤未雪，常闻石马哭昭陵。
拓地饮黄龙，厥志当酬，尚见泥兵湿蒋庙[42]。

【注释】

[1]岳鄂王：岳飞，字鹏举，相州汤阴（今属河南）人。南宋抗金将领，被秦桧谗害。后追封鄂王。

[2]隗顺：南宋首都临安的狱卒，因掩藏岳飞的遗骨而闻名于世。岳飞遇害那年，隗顺正在监狱当狱座，他为人忠义，对岳飞一向仰慕，岳飞被害后，他冒着生命危险将遗体连夜背出城外，偷埋在九曲丛祠旁。为了日后辨识，他又把岳飞身上佩带过的玉环系在遗体腰下，还在坟前栽了两棵橘树。隗顺死前，又将此事告诉其儿。后宋孝宗即位，准备北伐，为顺应民意，特降旨为岳飞昭雪，并以500贯白银的高价征寻岳飞的遗体。隗顺的儿子把真相告知官府，岳飞的遗骨才得以迁葬杭州西子湖畔栖霞岭，即杭州西湖畔宋岳鄂王墓。

[3]肸蚃：灵感通微，连绵不绝。

[4]倪太史元璐：倪元璐，字玉汝，号鸿宝，明末上虞（今属浙江）人。天启进士，官至户部尚书。李自成破京，自缢死，谥文贞。

[5]泥范：泥塑。

[6]卨：万俟卨，字元忠，阳武（今河南原阳）人，政和进士。绍兴初，官提点湖北刑狱，为迎合秦桧，谮岳飞，害死岳飞父子和张宪。

[7]王氏：秦桧妻。谋害岳飞的元凶之一。

[8]张俊：字伯英，南宋四大名将之一。曾镇压各地义军，讨伐叛将。后迎合高宗、秦桧旨意，力主和议，参与谋害岳飞，为后人唾弃。

[9]反接：反绑。

［10］范涞：字原易，号希阳，安徽休宁人，曾任福建布政使。

［11］杨铁崖：杨维桢，字廉夫，号铁崖、东维子，诸暨（今属浙江）人。元代文学家，长于乐府。有《铁崖乐府》。引诗为《银瓶女》。

［12］缇萦：汉太仓令淳于意的少女。汉文帝时，淳于意获罪。缇萦上书，请入身为官婢，以赎父刑。帝悲其意，为除肉刑，意得免。

［13］同知：知府的副职。

［14］朱太史之俊：朱之俊，字沧起，汾阳（今属山西）人。天启进士，官至翰林院侍讲。

［15］天启丁卯：明熹宗的年号。天启丁卯为天启七年（1627）。

［16］媚珰：此指讨好取媚魏忠贤之流的太监，为其立生祠。珰为汉代武官的冠饰，后成太监的代称。

［17］张宪：为岳家军前军统制，屡立战功，官至观察使。被诬谋反，与岳飞父子同时遇害。

［18］兀术：即完颜宗弼，本名兀术，太祖完颜阿骨打之子，曾率金兵攻宋。

［19］锻炼：罗织罪名。

［20］景定：宋理宗年号。

［21］牛皋：字伯远，汝州鲁山（今属河南）人。南宋抗金名将，屡立战功，官至承宣使。岳飞被害后，他仍反对和议，被秦桧令人毒死。墓在杭州栖霞岭紫云洞剑门关。

［22］马革裹尸：谓战死沙场。《后汉书·马援传》："援曰：'男儿要当死于边野，以马革裹尸还葬耳，何能卧床上，在儿女子手中耶？'"

［23］张景元：应为张京元，字思德。万历进士。著有《删注楚辞》二卷，《寒灯随笔》一卷，《湖上小记》等。

［24］阛阓：街市。阛，市垣；阓，市之外门。古代市道在垣与门间，故称市肆为阛阓。

［25］周诗：字以言，明昆山（今属江苏）人。为人倜傥，精医术。朝廷将以尚医官之，拂袖而去。游杭州，寓僧寺。有《虚岩山人集》。

［26］高启：字季迪，号青丘子，长洲（今江苏苏州）人。明初著名诗人。受诏修《元史》，授翰林院编修。明太祖授其户部右侍郎，固辞不赴。返乡授徒，后被朱元璋借故腰斩。

［27］射虏书：系于箭上，射向敌方营地的文书。此指向敌方交涉，要金人归还被虏的徽钦二帝。两宫：指被金兵所掳的徽、钦二宗，岳飞《五岳祠盟记》有"蹀血虏廷，尽屠夷种，迎二圣，归京阙，取故地"。

［28］高庙：指宋高宗。藏弓：高鸟尽，良弓藏。高宗杀害功臣苟安，则是高鸟未尽，良弓先藏。

［29］诸陵：即下文的"六陵"。指南宋六个皇帝的陵寝。

［30］唐顺之：字应德，号荆川，武进（今属江苏常州）人。官翰林编修，兵部主事。督师浙江，重创倭寇。文武全才，倡唐宋散文，是唐宋派的领袖人物。

［31］蔡汝南：当为蔡汝楠，字子木，号白石，浙江德清人。明嘉靖进士，官至南京工部右侍郎。著有《自知堂集》等。

［32］三字狱：即秦桧加于岳飞的"莫须有"罪名。

［33］长城：指岳飞。

［34］赤帝：中国古代传说中五帝之一。赤帝是南方之神，此

喻宋高宗。中兴诏：此指绍兴二年（1132）殿试，高宗赵构以《问中兴之本》为题。此句的意思是宋高宗即位诏书有关中兴国家的誓言全部落空。

［35］徐渭：字文长，晚号青藤道人，明代书画家，工诗文，曾入胡宗宪幕府。

［36］膴：赤石脂之类，古代作为上等颜料，以饰宫室。

［37］麦饭：祭祀用的饭食。此指钦、徽二宗被囚禁在金国，无法享用。

［38］"函谷"二句：金人：汉武帝在长安建章宫前，铸十二铜仙人，托金盘承甘露，以求长生。魏明帝派人来拆，仙人潸然泪下。用此事喻北宋之覆亡。昭陵石马：昭陵是唐太宗的陵寝，墓前有六座石马，为唐太宗平生征战的六匹坐骑之雕像。《安禄山事迹》载，安史之乱时，唐军与贼将崔乾祐战不胜，忽有数百黄旗军前来助战。后有昭陵官员奏，陵前石人马皆汗湿。此喻宋军之败无可挽回。

［39］金牌：传岳飞准备大举北伐，连接朝廷十二块金牌，令回师班朝。

［40］风波：风波亭，杭州南宋大理寺狱中亭名。岳飞被害于此。

［41］董其昌：字玄宰，号思白。明代书画家，官至南京礼部尚书。

［42］泥兵湿蒋庙：相传南北朝时蒋帝神助南军战胜北军，事后庙中人马塑像脚上尚有湿泥。

紫云洞

紫云洞在烟霞岭右。其地怪石苍翠，劈空开裂，山顶层层，如厦屋天构。贾似道命工疏剔建庵，刻大士[1]像于其上。双石相倚为门，清风时来，谽谺[2]透出，久坐使人寒栗。又有一坎突出洞中，蓄水澄洁，莫测其底。洞下有懒云窝，四山围合，竹木掩映，结庵其中。名贤游览至此，每有遗世之思。洞旁一壑幽深，昔人凿石，闻金鼓声而止，遂名"金鼓洞"。洞下有泉，曰"白沙"。好事者取以瀹茗[3]，与虎跑[4]齐名。

王思任[5]诗：

笋舆[6]幽讨[7]遍，大壑气沉沉。

山叶逢秋醉，溪声入午喑。

是泉从竹护，无石不云深。

沁骨凉风至，僧寮絮碧阴。

【注释】

[1]大士：指观世音菩萨。

[2]谽谺：山谷空阔貌。

[3]瀹茗：烹茶。

[4]虎跑：在西湖西南大慈山下，号称"天下第三泉"，与龙井茶合称"双绝"。

[5]王思任：字季重，号谑庵，山阴（今浙江绍兴）人。万历进士，历知兴平、当涂、青浦三县。清兵破绍兴，绝食而死。为张岱的挚友。

[6]笋舆：竹滑竿之类的轿子。

[7]幽讨：寻访幽雅之境。

卷二

西湖西路

玉泉寺

　　玉泉寺为故净空院。南齐建元[1]中，僧昙起[2]说法于此，龙王来听，为之抚掌出泉，遂建龙王祠。晋天福[3]三年，始建净空院于泉左。宋理宗书"玉泉净空院"额。祠前有池亩许，泉白如玉，水望澄明，渊无潜甲[4]。中有五色鱼百余尾，投以饼饵，则奋鬐[5]鼓鬣，攫夺盘旋，大有情致。泉底有孔，出气如橐籥[6]，是即神龙泉穴。又有细雨泉，晴天水面如雨点，不解其故。泉出可溉田四千亩。近者曰鲍家田，吴越王相鲍庆臣[7]采地也。万历二十八年，司礼孙东瀛于池畔改建大士楼居。春时，游人甚众，各携果饵到寺观鱼，喂饲之多，鱼皆餍饫[8]，较之放生池，则侏儒饱欲死[9]矣。

　　道隐[10]《玉泉寺》诗：

在昔南齐时，说法有昙起。天花堕碧空[11]，神龙听法语。
抚掌一赞叹，出泉成白乳。澄洁更空明，寒凉却酷暑。
石破起冬雷[12]，天惊逗秋雨。如何烈日中，水纹如碎羽。
言有橐籥声，气孔在泉底。内多海大鱼，狰狞数百尾。

饼饵骤然投，要遮全振旅[13]。见食即忘生，无怪盗贼聚。

【注释】

[1]建元：南朝齐高帝萧道成年号。

[2]僧昙起：《西湖游览志》作"昙超"。南朝齐的高僧。

[3]天福：后晋高祖年号，天福三年即938年。

[4]渊无潜甲：言水深而澄明，故不能隐蔽鱼鳖。

[5]鬐：此指鱼脊鳍。鬣：原指兽类颈上的长毛，此指鱼胸鳍。

[6]橐籥：古代冶炼时用以鼓风的设备，犹今之风箱。橐，外面的箱子；籥，里面的送风管。

[7]鲍庆臣：鲍君福，字庆臣，余姚人。从吴越王征伐有功，官至检校太尉，同平章事，兼侍中。采地：亦作采邑，封地。其地的租入，为受封卿大夫的俸禄。

[8]餍饫：饱足。

[9]侏儒饱欲死：《汉书·东方朔传》载：东方朔曾对武帝曰："侏儒长三尺余，奉一囊粟，钱二百四十；臣朔长九尺余，亦奉一囊粟，钱二百四十。侏儒饱欲死，臣朔饥欲死。"文中喻玉泉及泉中鱼。

[10]道隐：即金堡，字道隐，浙江仁和人，明末杭州僧。曾为张岱的《西湖梦寻》作序，作者曾以西湖大小为题，问法于道隐。

[11]天花堕碧空：指昙起说法妙语连连。佛教传说，佛祖说法，感动天神，诸天雨各色香花，缤纷乱坠。

[12]"石破"二句：语出李贺《李凭箜篌行》："女娲炼石补天处，石破天惊逗秋雨。"

[13]要遮全振旅：形容游鱼结队而来。《左传·僖公二十八

年》:"振旅恺以入于晋。"

集庆寺

九里松,唐刺史袁仁敬[1]植。松以达天竺,凡九里,左右各三行,每行相去八九尺。苍翠夹道,藤萝冒[2]涂,走其下者,人面皆绿。行里许,有集庆寺,乃宋理宗所爱阎妃功德院[3]也。淳祐[4]十一年建造。阎妃,鄞县人,以妖艳专宠后宫。寺额皆御书,巧丽冠于诸刹。经始时,望青采斫,勋旧不保,鞭笞追逮,扰及鸡豚。时有人书法堂[5]鼓云:"净慈灵隐三天竺,不及阎妃好面皮。"理宗深恨之,大索不得。此寺至今有理宗御容两轴。六陵既掘,冬青不生,而帝之遗像竟托阎妃之面皮以存,何可轻诮也。元季毁,明洪武二十七年重建。

张京元《九里松小记》:

九里松者,仅见一株两株,如飞龙劈空,雄古奇伟。想当年万绿参天,松风声壮于钱塘潮,今已化为乌有。更千百岁,桑田沧海,恐北高峰头有螺蚌壳矣,安问树有无哉!

陈玄晖[6]《集庆寺》诗:

玉钩斜内一阎妃,姓氏犹传真足奇。
宫嫔若非能佞佛,御容焉得在招提[7]。

布地黄金出紫薇，官家不若一阎妃。

江南赋税凭谁用，日纵平章^[8]恣水嬉。

开荒筑土建坛壝，功德巍峨在石碑。

集庆犹存宫殿毁，面皮真个属阎妃。

昔日曾传九里松，后闻建寺一朝空。

放生自出罗禽鸟，听信阇黎说有功。

【注释】

[1] 袁仁敬：唐开元中为杭州刺史。

[2] 冒：覆盖。

[3] 功德院：布施建造的寺院。

[4] 淳祐：宋理宗年号，淳祐十一年为1251年。

[5] 法堂：演说佛法的大堂。

[6] 陈玄晖：浙江海盐人，万历进士。

[7] 招提：寺庙，此专指集庆寺。

[8] 平章：谓贾似道。

飞来峰

飞来峰，棱层剔透，嵌空玲珑，是米颠袖中一块奇石。使有石癖者见之，必具袍笏下拜，不敢以称谓简亵^[1]，只以石丈呼之也。深恨杨髡^[2]，遍体俱凿佛像，罗汉^[3]世尊，栉比皆是，如西子以花艳之肤，莹白之体，刺作台池鸟兽，乃以黔墨涂之也。奇格天成，妄遭锥凿，思之骨痛。翻恨其不匿影西方，轻出灵鹫，受人戮辱；亦犹士君子生不逢时，不束身隐遁，以才华杰出，反受摧残，郭璞[4]、祢衡[5]并受此惨矣。慧理一叹，谓其何事飞来，盖痛之也，亦惜之也。且杨髡沿溪所刻罗汉，皆貌己像，骑狮骑象，侍女皆裸体献花，不一而足。田公汝成[6]锥碎其一；余少年读书峋嵝[7]，亦碎其一。闻杨髡当日住德藏寺，专发古冢，喜与僵尸淫媾。知寺后有来提举夫人与陆左丞化女，皆以色夭，用水银灌殓。杨命发其冢。有僧真谛者，性呆戆，为寺中樵汲，闻之大怒，噪呼诟谇[8]。主僧惧祸，锁禁之。及五鼓，杨髡起，趣[9]众发掘，真谛逾垣而出，抽韦驮[10]木杵，奋击杨髡，裂其脑盖。从人救护，无不被伤。但见真谛于众中跳跃，每逾寻[11]丈，若隼撇虎腾，飞捷非人力可到。一时灯炬皆灭，耰[12]锄畚插都被毁坏。杨髡大惧，谓是韦驮显圣，不敢往发，率众遽去，亦不敢问。此僧也，洵为山灵吐气。

袁宏道《飞来峰小记》：

湖上诸峰，当以飞来峰为第一。峰石逾数十丈，而苍翠玉立。渴虎奔猊，不足为其怒也；神呼鬼立，不足为其怪也；秋水暮烟，不足为其色也；颠书吴画[13]，不足为其变幻诘曲也。石上多异木，不假土壤，根生石外。前后大小洞四五，窈窕通明，溜乳[14]作花，若刻若镂。壁间佛像，皆髡所为，如美人面上瘢痕，奇丑可厌。余前后登飞来者五：初次与黄道元[15]、方子公同登，单衫短后，直穷莲花峰顶。每遇一石，无不发狂大叫。次与王闻溪[16]同登；次为陶石篑、周海门[17]；次为王静虚[18]、陶石篑兄弟；次为鲁休宁^[19]。每游一次，辄思作一诗，卒不可得。

又《戏题飞来峰》诗：

> 试问飞来峰，未飞在何处。
> 人世多少尘，何事飞不去。
> 高古而鲜妍，杨、班^[20]不能赋。
>
> 白玉簇其颠，青莲借其色。
> 惟有虚空心，一片描不得。
> 平生梅道人^[21]，丹青如不识。

张岱《飞来峰》诗：

> 石原无此理，变幻自成形。
> 天巧疑经凿，神功不受型。
> 搜空或洴水，开辟必雷霆。
> 应悔轻飞至，无端遭巨灵。
> 石意犹思动，躄踞势若撑。
> 鬼工穿曲折，儿戏斫珑玲。
> 深入菅三窟，蛮开倩五丁^[22]。
> 飞来或飞去，防尔为身轻。

【注释】

[1] 简亵：简慢无礼。

［2］杨髡：指元僧杨琏真伽。世祖时，任江南释教都总统，掌江南佛教事十余年，贪赃肆虐，掠财占地。发掘宋陵取珍宝，以陵地建寺，后被问罪。髡，古代剃发之刑，后为对僧徒的贱称。

［3］罗汉：阿罗汉的简称，佛陀得道弟子修行的最高果位。有十六人，后增至十八、一百零八以至五百之数。

［4］郭璞：字景纯，河东闻喜（今属山西）人。东晋文学家，训诂学家。东晋时任王敦的记室参军，王敦欲谋反，命郭璞卜筮，郭璞谓其必败，被王敦所杀。

［5］祢衡：字正平，东汉平原（今属山东）人。恃才傲物，曹操欲见之，称病不往。操召为鼓史，大会宾客，被衡所辱。操怒，遣送荆州刺史刘表，复不合，转送江夏太守黄祖，终被杀。

［6］田公汝成：田汝成，字叔禾，钱塘人。嘉靖进士，历官至福建提学副使。撰《西湖游览志》《西湖游览志余》。

［7］"余少年"二句：见作者《陶庵梦忆》卷二《岣嵝山房》："岣嵝山房，逼山，逼溪，逼韬光路，故无径不梁，无屋不阁……启甲子，余键户其中者七阅月……缘溪走看佛像，口骂杨髡。见一波斯坐龙象，蛮女四五献花果，皆裸形，勒石志之，乃真伽像也。余椎落其首，并碎诸蛮女，置溺溲处以报之。"

［8］嘐呼诟谇：大声辱骂。

［9］趣：同"驱"。

［10］韦驮：佛教护法神的名字。

［11］寻：古代长度卑位，一般为八尺。

［12］欚：古代碎土平地的农具。插：同"锸"，掘土的工具。

［13］颠书：唐代张旭，善草书。常酣醉后，呼叫狂走，落笔成书，甚至以发蘸墨书写，人称"张颠"。吴画：唐代画家吴道子

的画。

[14] 溜乳：石灰溶岩的水滴。

[15] 黄道元：黄国信，字道元，袁宏道之友。著有《拙迟集》《合缶斋集》。

[16] 王闻溪：王禹声，字文溪，又作闻溪，吴县（今属江苏）人，万历进士。官至湖广承天府知府。因劾贪官被罢免。

[17] 周海宁：周廷参，万历进士，授海宁知县。

[18] 王静虚：王赞化，字静虚，明代山阴人。崇佛居士。

[19] 鲁休宁：鲁点，字子舆，号乐同，南漳（今属湖北）人。万历进士，知休宁县。

[20] 扬、班：扬雄、班固。扬雄，字子云，西汉文学家。班固，字孟坚，作《汉书》。

[21] 梅道人：吴镇，字仲圭，号梅花道人。浙江嘉兴人。元代画家。

[22] 五丁：古代传说中的五位力士，曾开蜀道。

冷泉亭

冷泉亭在灵隐寺山门之左。丹垣绿树，翳映阴森。亭对峭壁，一泓泠然，凄清入耳。亭后西栗[1]十余株，大皆合抱，冷飔暗樾[2]，遍体清凉。秋初栗熟，大若樱桃，破苞食之，色如蜜珀，香若莲房。天启甲子[3]，余读书岣嵝山房，寺僧取作清供[4]。余谓鸡头实无其松脆，鲜胡桃逊其甘芳也。夏月乘凉，移枕簟就亭中卧月，涧流淙淙，丝竹并作。张公亮听此水声，吟林丹山[5]诗："流向西湖载歌舞，回头不似在山时。"言此水声带金石，已先作歌舞矣，不入西湖安入乎！余尝谓住西湖之人，无人不带歌舞，无山不带歌舞，无水不带歌舞，脂粉纨绮，即村妇山僧，亦所不免。因忆眉公之言曰："西湖有名山，无处士；有古刹，无高僧；有红粉，无佳人；有花朝，无月夕。"曹娥雪[6]亦有诗嘲之曰："烧鹅羊肉石灰汤，先到湖心次岳王。斜日未曛客未醉，齐抛明月进钱塘。"余在西湖，多在湖船作寓，夜夜见湖上之月，而今又避嚣灵隐，夜坐冷泉亭，又夜夜对山间之月，何福消受。余故谓西湖幽赏，无过东坡，亦未免遇夜入城。

而深山清寂，皓月空明，枕石漱流，卧醒花影，除林和靖、李峤嵘之外，亦不见有多人矣。即慧理[7]、宾王，亦不许其同在卧次[8]。

袁宏道《冷泉亭小记》：

灵隐寺在北高峰下，寺最奇胜，门景尤好。由飞来峰至冷泉亭一带，涧水溜玉，画壁流青，是山之极胜处。亭在山门外，尝读乐天记[9]有云："亭在山下水中，寺西南隅，高不倍寻，广不累丈，撮奇搜胜，物无遁形。春之日，草薰木欣，可以导和纳粹[10]；夏之日，风泠泉渟[11]，可以蠲烦析酲[12]。山树为盖，岩石为屏，云从栋生，水与阶平。坐而玩之，可濯足于床下；卧而狎之，可垂钓于枕上。潺湲洁澈，甘粹柔滑，眼目之眚，心舌之垢，不待盥涤，见辄除去。"观此记，亭当在水中，今依涧而立。涧阔不丈余，无可置亭者。然则冷泉之景，比旧盖减十分之七矣。

【注释】

　　[1] 西栗：据《灵隐小志》，西栗树今称莎罗树，乃慧理祖师

从印度携来而植，可以入药。

[2] 樾：树荫。

[3] 天启甲子：即天启四年（1624）。

[4] 清供：指清雅的供品，如松、竹、梅、鲜花、香火和素食等。

[5] 林丹山：林积，号丹山，长洲（今江苏苏州）人。南宋诗人。有《官词》百首。其《冷泉诗》曰："一泓清可浸诗牌，冷暖年来只自知。流向西湖载歌舞，回头不似在山时。"

[6] 曹娥雪：晚明文人。

[7] 慧理：印度高僧，晋咸和初建灵隐禅寺。宾王：骆宾王，初唐四杰之一。曾助李敬业讨伐武则天。传说他兵败后，隐居灵隐寺。宋之问夜吟灵隐时，他曾以"楼观沧海日，门对浙江潮"句启示之问。

[8] "亦不许"句：宋开宝八年，兵围金陵。南唐主李煜请缓兵。太祖曰："不须多言，江南有何罪？但天下一家，卧榻之侧，岂可许他人鼾睡？"此处有"不得同列"之意。

[9] 乐天记：指白居易《冷泉亭记》。袁氏所录为概要，不是全文。

[10] 导和纳粹：吸入纯净新鲜之气，使心平气顺。

[11] 渟：水止不动。

[12] 蠲烦析酲：去除烦恼，解酒后的困惫。

灵隐寺

明季昭庆寺火，未几而灵隐寺火，未几而上天竺又火，三大寺相继而毁。是时唯具德和尚[1]为灵隐住持，不数年而灵隐早成。

盖灵隐自晋咸和[2]元年，僧慧理建，山门匾曰"景胜觉场"，相传葛洪所书。寺有石塔四，钱武肃王所建。宋景德[3]四年，改景德灵隐禅寺，元至正三年毁。明洪武初再建，改灵隐寺。宣德[4]七年，僧昙赞建山门，良玠建大殿。殿中有拜石，长丈余，有花卉鳞甲之文，工巧如画。正统十一年，玹玄理建直指堂，堂文额为张即之[5]所书，隆庆三年毁。万历十二年，僧如通[6]重建；二十八年司礼监孙隆重修，至崇祯十三年又毁。具和尚查如通旧籍，所费八万，今计工料当倍之。具和尚惨淡经营，咄嗟立办[7]。其因缘之大，恐莲池金粟[8]所不能逮也。具和尚为余族弟，丁酉[9]岁，余往候之，则大殿、方丈尚未起工，然东边一带，阆阁精蓝[10]凡九进，客房僧舍百什余间，菲几藤床，铺陈器皿，皆不移而具。香积厨[11]中，初铸三大铜锅，锅中煮米三担，可食千人。具和尚指锅示余曰："此弟十余年来所挣家计也。"饭僧之众，亦诸刹所无。午间方陪余斋，见有沙弥持赫蹄[12]送看，不知何事，第对沙弥曰："命库头开仓。"沙弥去。及余饭后出寺门，见有千余人蜂拥而来，肩上担米，顷刻上廪，斗斛无声，忽然竟去。余问和尚，和尚曰："此丹阳施主某，岁致米五百担，水脚挑钱[13]，纤悉自备，不许饮常住[14]勺水，七年于此矣。"余为嗟叹。因问大殿何时可成，和尚对以："明年六月，为弟六十，法子[15]万人，人馈十金，可得十万，则吾事济矣。"逾三年而大殿、方丈俱落成焉。余作诗以记其盛。

张岱《寿具和尚并贺大殿落成》诗：

飞来石上白猿立，石自呼猿猿应石。

具德和尚行脚来，山鬼啾啾寺前泣。

生公叱石同叱羊，沙飞石走山奔忙[16]。

驱使万灵皆辟易，火龙为之开洪荒。

正德初年有簿对，八万今当增一倍。

谈笑之间事已成，和尚功德可思议。

黄金大地破悭贪，聚米成丘粟若山。

万人团族如蜂蚁，和尚植杖意自闲。

余见催科[17]只数贯，县官敲扑加锻炼。

白粮升合尚怒呼，如坻如京[18]不盈半。

忆昔访师坐法堂，赫蹄数寸来丹阳。

和尚声色不易动，第令侍者开仓场。

去不移时阶厄乱，白粲[19]驮来五百担。

上仓斗斛寂无声，千百人夫顷刻散。

米不追呼人不系，送到座前犹屏气。

公侯福德将相才，罗汉神通菩萨慧。

如此工程非戏谑，向师颂之师不诺。

但言佛自有因缘，老僧只怕因果错。

余自闻言请受记，阿难[20]本是如来弟。

与师同住五百年，挟取飞来复飞去。

张祜[21]《灵隐寺》诗：

峰峦开一掌，朱槛几环延。

佛地花分界，僧房竹引泉。

五更楼下月，十里郭中烟。

后塔耸亭后，前山横阁前。

溪沙涵水静，洞石点苔鲜。

好是呼猿父，西岩深响连。

贾岛[22]《灵隐寺》诗：

峰前峰后寺新秋，绝顶高窗见沃洲。

人在定中[23]闻蟋蟀，鹤于栖处挂猕猴。

山钟夜度空江水，汀月寒生古石楼。

心欲悬帆身未逸，谢公[24]此地昔曾游。

周诗《灵隐寺》诗：

灵隐何年寺，青山向此开。

洞流原不断，峰石自飞来。

树覆空王[25]苑，花藏大士台。

探冥有玄度[26]，莫遣夕阳催。

【注释】

[1]具德和尚：为作者族弟，名弘礼，字具德。于普陀寺出家，为临济宗僧。后谒汉月法藏于安隐寺，在窥镜、担粪时豁然大悟。1636年住持云门光孝寺，刀耕火种，有古德之风。末，即迁径山，又移灵隐寺，晚年住持天宁寺。有具德禅师语录三十卷。

[2]咸和：晋成帝年号。

[3]景德：宋真宗的年号。

〔4〕宣德：明宣宗的年号。

〔5〕张即之：字温夫，号樗寮，历阳（今安徽和县）人，南宋书法家。爱国词人张孝祥之侄。其书法深受唐人影响，初学欧阳询、褚遂良和颜真卿，后转师米芾，参以汉隶及晋唐经书。《宋史》本传称其"大字古雅遒劲，细书尤俊健不凡"。

〔6〕如通：万历十年（1582）任灵隐寺住持，其间兴建仿唐大雄宝殿、三藏殿和直指堂。

〔7〕咄嗟立办：即言一出，就立即办到。咄嗟，呼吸之间。

〔8〕莲池：明代四大名僧之一，沈株宏，字佛慧，号莲池。出家居杭州云栖寺。金粟：佛名，即维摩诘居士，前身为金粟如来。

〔9〕丁酉：清世祖顺治十四年（1657）。

〔10〕精蓝：通"精兰"，佛寺。

〔11〕香积厨：寺院厨房。

〔12〕赫蹄：西汉末流行的一种小幅薄纸。此指信件。

〔13〕水脚挑钱：水夫挑夫的佣钱。

〔14〕常住：僧、道称其拥有的寺舍、田地、什物等为常住物，简称"常住"。

〔15〕法子：入佛门而依法修行者。

〔16〕"生公"句：用传说来形容具德和尚的超凡能力。叱石，梁高僧竺道生曾讲经于虎丘寺，聚石为徒，石皆点头。叱羊：牧羊童黄初平，入金华山修炼成仙，入一石室，只见白石。初平对石叱曰："羊起！"于是白石成羊。

〔17〕催科：催租。

〔18〕如坻如京：《诗经·小雅·甫田》："曾孙之庾，如坻如京。"指谷米堆积如山。

［19］白粲：白米。

［20］阿难：释迦牟尼的十大弟子之一，人称"多闻第一"。

［21］张祜：字承吉，邢台清河人，唐代著名诗人。

［22］贾岛：字阆仙，曾栖佛门，法名无本，后还俗。与韩愈、孟郊、张籍等酬唱，以苦吟著称。唐文宗时曾任遂州长江县主簿，世称"贾长江"。

［23］定中：坐禅入定时。

［24］谢公：东晋著名山水诗人谢灵运。曾任永嘉（今浙江温州）太守。

［25］空王：佛。佛教谓世界皆空。

［26］玄度：月亮。

北高峰

北高峰在灵隐寺后，石磴数百级，曲折三十六湾。上有华光庙[1]，以祀五圣[2]。山半有马明王[3]庙，春日祈蚕者咸往焉。峰顶浮屠[4]七级，唐天宝[5]中建，会昌[6]中毁；钱武肃王修复之，宋咸淳七年[7]复毁。此地群山屏绕，湖水镜涵，由上视下，歌舫渔舟，若鸥凫出没烟波，远而益微，仅觑其影。西望罗刹江[8]，若匹练新濯，遥接海色，茫茫无际。张公亮有句："江气白分海气合，吴山青尽越山来。"诗中有画。郡城正值江湖之间，委蛇曲折，左右映带，屋宇鳞次，竹木云蓊，郁郁葱葱，凤舞龙盘，真有王气蓬勃。山麓有无着禅师[9]塔。师名文喜，唐肃宗时人也，瘗骨于此。韩侂胄[10]取为葬地，启其塔，有陶龛焉。容色如生，发垂至肩，指爪盘屈绕身，舍利数百粒，三日不坏，竟荼毗[11]之。

苏轼《游灵隐高峰塔》诗：

言游高峰塔，蔬食[12]始野装。

火云秋未衰，及此初旦凉。

雾霏岩谷暗，日出草木香。

嘉我同来人，又便云水乡。

相劝小举足，前路高且长。

古松攀龙蛇，怪石坐牛羊。

渐闻钟磬音，飞鸟皆下翔。

入门空无有，云海浩茫茫。

惟见聋道人，老病时绝粮。

问年笑不答，但指穴梨床[13]。

心知不复来，欲归更彷徨。

赠别留匹布，今岁天早霜。

【注释】

[1] 华光庙：即灵顺寺，创建于东晋咸和年间，为杭州最早的名刹，印度高僧慧理禅师创建的"五灵"（灵鹫、灵隐、灵峰、灵顺、灵山）之一。明代因设殿别名"华光"，故又称"华光庙"。

[2] 五圣：神仙名，也称"五通""五显灵公""五郎神"，明清两代吴中民间多祀之。

[3] 马明王：民间所祀蚕神，亦称马头娘。

[4] 浮屠：佛塔。

[5] 天宝：唐玄宗的年号。

[6] 会昌：唐武宗的年号。

[7] 咸淳七年：宋度宗的年号，咸淳七年即1271年。

[8] 罗刹江：即钱塘江，因风涛险恶，故名罗刹江。

[9] 无着禅师：名文喜，唐玄宗肃宗时人。常乐寺出家，参谒大慈山性空禅师后，周游天下，五台山礼文殊菩萨。

[10] 韩侂胄：字节夫，相州（今属河南）人。南宋宁宗时执政，力主北伐，后因北伐失利，被密谋杀害以乞和。

[11] 荼毗：梵语谓火葬。

[12] 蓐食：早晨起来在床席上吃早餐。

[13] 穴梨床：指梨木床被磨损出孔洞。

韬光庵

韬光庵在灵隐寺右之半山，韬光禅师建。师，蜀人，唐太宗时，辞其师出游，师嘱之曰："遇天可留，逢巢即止。"师游灵隐山巢沟坞，值白乐天守郡[1]，悟曰："吾师命之矣。"遂卓锡[2]焉。乐天闻之，遂与为友，题其堂曰"法安"。内有金莲池[3]、烹茗井，壁间有赵阅道、苏子瞻题名。庵之右为吕纯阳[4]殿，万历十二年建，参政郭子章[5]为之记。骆宾王亡命为僧，匿迹寺中。宋之问[6]自谪所还至江南，偶宿于此。夜月极明，之问在长廊索句，吟曰："鹫岭郁岧峣，龙宫锁寂寥。"后句未属，思索良苦。有老僧点长明灯，同曰："少年夜不寐，而吟讽甚苦，何耶？"之问曰："适欲题此寺，得上联而下句不属。"僧请吟上句，宋诵之。老僧曰："何不云'楼观沧海日，门对浙江潮'？"之问愕然，讶其遒丽，遂续终篇。迟明访之，老僧不复见矣。有知者曰：此骆宾王也。

袁宏道《韬光庵小记》：

韬光在山之腰，出灵隐后一二里，路径甚可爱。古木婆娑，草香泉渍，淙淙之声，四分五络，达于山厨。庵内望钱塘江，浪纹可数。余始入灵隐，疑宋之问诗不似，意古人取景，或亦如近代词客捃拾帮凑[7]。及登韬光，始知"沧海""浙江""扪萝""刳木"[8]数语，字字入画，古人真不可及矣。宿韬光之次日，余与石篑、子公同登北高峰，绝顶而下。

张京元《韬光庵小记》：

韬光庵在灵鹫后，鸟道蛇盘，一步一喘。至庵，入坐一小室，峭壁如削，泉出石罅，汇为池，蓄金鱼数头。低窗曲槛，相向啜茗，真有武陵[9]世外之想。

萧士玮[10]《韬光庵小记》：

初二，雨中上韬光庵。雾树相引，风烟披薄[11]，木末飞流，江悬海挂。倦时踞石而坐，倚竹而息。大都山之姿态，得树而妍；山之骨格，得石而苍；山之营卫，得水而活；惟韬光道中能全有之。初至灵隐，求所谓"楼观沧海日，门对浙江潮"，竟无所有。至韬光，了了在吾目中矣。白太傅碑可读，雨中泉可听，恨僧少可语耳。枕上沸波，竟夜不息，视听幽独，喧极反寂。益信声无哀乐[12]也。

受肇和《自韬光登北高峰》诗：

高峰千仞玉嶙峋，石磴攀跻翠蔼分。

一路松风长带雨，半空岚气自成云。

上方楼阁参差见，下界笙歌远近闻。

谁似当年苏内翰[13]，登临处处有遗文。

白居易《招韬光禅师》诗：

白屋炊香饭，荤膻不入家。

滤泉澄葛粉[14]，洗手摘藤花。

青菜除黄叶，红姜带紫芽。

命师相伴食，斋罢一瓯茶。

韬光禅师《答白太守》诗：

山僧野性爱林泉，每向岩阿倚石眠。

不解栽松陪玉勒[15]，惟能引水种青莲。

白云乍可来青嶂，明月难教下碧天。

城市不能飞锡至，恐妨莺啭翠楼前。

杨蟠[16]《韬光庵》诗：

寂寂阶前草，春深鹿自耕。

老僧垂白发，山下不知名。

王思任《韬光庵》诗：

云老天穷结数楹，涛呼万壑尽松声。
鸟来佛座施花去[17]，泉入僧厨漉菜行。
一捧断山流海气，半株残塔插湖明。
灵峰占绝杭州妙，输与韬光得隐名。

又《韬光涧道》诗：

灵隐入孤峰，庵庵叠翠重。
僧泉交竹驿[18]，仙屋破云封。
绿暗天俱贵，幽寒月不浓。
涧桥秋倚处，忽一响山钟。

【注释】

[1]"值白"句：白乐天即白居易，中唐时人，非唐太宗时人。此处为传说。

[2]卓锡：僧人出行时多执锡杖，故称僧人居止为卓锡。卓，植立。

[3]金莲池：在韬光庵东侧，为韬光引水种金莲之处。

[4]吕纯阳：即吕洞宾。相传为唐京兆人，咸通中及第，两为县令。后修道终南山，不知所终。八仙之一。今存吕洞宾炼丹台。

[5]郭子章：字相奎，号青螺，自号蠙衣生，泰和（今属江西）人。明隆庆进士。著述颇丰。

[6]宋之问：一名少连，字延清，汾州（今山西汾阳）人。上

元进士，为武后之文学词臣。所引诗句，出自其《灵隐寺》诗。

　　[7] 捃拾帮凑：此指拼凑、拾拣文辞。

　　[8] 扪萝、刳木：出自宋之问《灵隐寺》诗，原句为："扪萝登塔远，刳木取泉遥。"扪萝，藤萝类植物。刳木，剖竹木为引水管。

　　[9] 武陵：指陶渊明的《桃花源记》。

　　[10] 萧士玮：字伯玉，明万历进士，官至南京吏部考功司郎中。明亡后返故里著述，有《春浮园集》。

　　[11] 披薄：弥漫。

　　[12] 声无哀乐：西晋嵇康的《声无哀乐论》，探讨音乐的本体与本质问题，声与情的关系等问题。

　　[13] 苏内翰：苏轼。苏轼曾任翰林学士，故称。

　　[14] 葛粉：葛根制成的粉末，食之消渴解毒。

　　[15] 陪玉勒：喻陪侍权贵。玉勒，以玉装饰的马缰。

　　[16] 杨蟠：字公济，别号浩然居士。北宋仁宗庆历进士。元祐四年（1089）苏轼知杭州，蟠为通判。

　　[17] "鸟来"句：唐法融禅师入牛头山幽栖寺北岩的石室修行，有百鸟献花。

　　[18] 竹驿：引送山泉的竹筒。

峋嵝山房

　　李芨号峋嵝，武林人，住灵隐韬光山下。造山房数楹，尽驾回溪绝壑之上。溪声淙淙出阁下，高厓插天，古木蓊蔚，人有幽致。山人居此，孑然一身。好诗，与天池徐渭[1]友善。客至，则呼僮驾小舫，荡桨于西泠断桥之间，笑咏竟日。以山石自礧生圹[2]，死即埋之。所著有《岣嵝山人诗集》四卷。天启甲子[3]，余与赵介臣、陈章侯、颜叙伯、卓珂月[4]、余弟平子读书其中。主僧自超，园蔬山蔌[5]，淡薄凄清。但恨名利之心未净，未免唐突山灵，至今犹有愧色。

张岱《岣嵝山房小记》：

岣嵝山房，逼山、逼溪、逼韬光路[6]，故无径不梁，无屋不阁[7]。门外苍松傲睨，蓊以杂木，冷绿万顷，人面俱失[8]。

石桥低磴，可坐十人。寺僧刳竹引泉，桥下交交牙牙[9]，皆为竹节。天启甲子，余键户其中者七阅月，耳饱溪声，目饱清樾[10]。山上下多西栗、边笋，甘芳无比。邻人以山房为市，蔬果[11]、羽族日致之，而独无鱼。乃潴溪为壑，系巨鱼数十头。有客至，辄取鱼给鲜。日晡，必步冷泉亭、包园、飞来峰。一日，缘溪走看佛像，口口骂杨髡。见一波斯胡坐龙象，蛮女四五献花果，皆裸形，勒石志之，乃真伽像也。余椎落其首，并碎诸蛮女，置溺溲处以报之。寺僧以余为椎佛也，咄咄作怪事，及知为杨髡，皆欢喜赞叹。

徐渭《访李岣嵝山人》诗：

岣嵝诗客学全真，半日深山说鬼神。
送到涧声无响处，归来明月满前津。
七年火宅三车客[12]，十里荷花两桨人。
两岸鸥凫仍似昨，就中应有旧相亲。

王思任《岣嵝僧舍》诗：

乱苔膏古荫，惨绿蔽新芊。
鸟语皆番异，泉心^[13]即佛禅。
买山^[14]应较尺，赊月^[15]敢辞钱。
多少清凉界^[16]，幽僧抱竹眠。

【注释】

[1] 徐渭：别号天池山人。

[2] 生圹：生前自造的墓穴。

[3] 天启甲子：即天启四年（1624）。

[4] 陈章侯：陈洪绶，浙江诸暨人，字章侯，号老莲，明亡后自号老迟、悔迟。张岱二叔张联芳之婿，受业于刘宗周、黄道周。清兵陷浙东，入云门寺出家，卖画为生，善绘人物、山水、花鸟，晚年归里，有《宝绘堂集》。作者有《与陈章侯书》，称其画笔墨精工。卓珂月：卓人月，字珂月，浙江仁和人。诗文词曲，莫不精工。有《寤歌词》《蟾台集》等。

[5] 蔌：菜蔬的总称。

[6] 韬光路：在杭州北高峰南，灵隐寺西北的巢枸坞。传说因唐代高僧韬光在此结庵说法而得名。

[7] "故无径"二句：没有路径不架设桥梁，没有房屋不筑阁楼的。

[8] "冷绿"二句：绿荫浓密，以致看不清人面。

[9] 交交牙牙：交结错杂。

[10] 清樾：绿荫。

［11］蓏果：木实曰果，草实曰蓏。泛指瓜果。

［12］七年火宅：徐渭曾因精神失常，杀死续室张氏，入狱七年。本诗小序有"时被系七年暂放"句。火宅，佛教语，比喻充满苦难的尘世。《妙法莲华经警喻品》："三界无安，犹如火宅。众苦充满，甚可怖畏。"三车：佛教语，喻三乘。羊车喻小乘，鹿车喻中乘，牛车喻大乘。据说能引人脱离火宅。

［13］泉心：心如流泉，即有禅悟。

［14］买山：喻贤士归隐。

［15］赊月：借月。李白《陪族叔刑部侍郎晔及中书贾舍人至游洞庭》："且就洞庭赊月色，将船买酒白云边。"

［16］清凉界：远离尘世的清幽凉爽之境。

青莲山房

青莲山房，为涵所包公[1]之别墅也。山房多修竹古梅，倚莲花峰，跨曲涧，深岩峭壁，掩映林峦间。公有泉石之癖，日涉成趣。台榭之美，冠绝一时。外以石屑砌坛，柴根编户，富贵之中，又着草野。正如小李将军[2]作丹青界画，楼台细画，虽竹篱茅舍，无非金碧辉煌也。曲房密室，皆储侍[3]美人，行其中者，至今犹有香艳。当时皆珠翠团簇，锦绣堆成。一室之中，宛转曲折，环绕盘旋，不能即出。主人于此精思巧构，大类迷楼[4]。而后人欲如包公之声伎满前，则亦两浙荐绅先生所绝无者也。今虽数易其主，而过其门者必曰"包氏北庄"。

陈继儒《青莲山房》诗：

造园华丽极，反欲学村庄。

编户留柴叶，磊坛带石霜。

梅根常塞路，溪水直穿房。

觅主无从入，裴回走曲廊。

主人无俗态，筑圃见文心。

竹暗常疑雨，松梵[5]自带琴。

牢骚寄声伎，经济[6]储山林。

久已无常主，包庄说到今。

【注释】

[1]涵所包公：包应登，字涵所，官福建提学副使。

[2]小李将军：李昭道，唐宗室李思训之子，画家。擅金碧山水，画风工巧繁缛。父子并称大小李将军。

[3]偫：贮备。

[4]迷楼：楼名。隋炀帝时所建。唐冯贽《南部烟花记·迷楼》："迷楼凡役夫数万，经岁而成。楼阁高下，轩窗掩映，幽房曲室，玉栏朱楯，互相连属。帝大喜，顾左右曰：'使真仙游其中，亦当自迷也。'"

[5]松梵：松风。

[6]经济：经国济世之才志。

呼猿洞

呼猿洞在武林山。晋慧理禅师，常畜黑白二猿，每于灵隐寺月明长啸，二猿隔岫[1]应之，其声清皦。后六朝宋时，有僧智一仿旧迹而畜数猿于山，临涧长啸，则群猿毕集，谓之猿父。好事者施食以斋之，因建饭猿堂。今黑白二猿尚在。有高僧住持，则或见黑猿，或见白猿。具德和尚到山间，则黑白皆见。余于方丈作一对送之："生公说法，雨堕天花，莫论飞去飞来，顽皮石也会点头。慧理参禅，月明长啸，不问是黑是白，野心猿都能答应。"具和尚在灵隐，声名大著。后以径山佛地谓历代祖师多出于此，徙往径山[2]。事多格迕[3]，为时无几，遂致涅槃。方知盛名难居，虽在缁流，亦不可多取。

陈洪绶《呼猿洞》诗：

慧理是同乡，白猿供使令。
以此后来人，十呼十不应。

明月在空山，长啸是何意。
呼山山自来，麾[4]猿猿不去。

痛恨遇真伽，斧斤残怪石。
山亦悔飞来，与猿相对泣。

洞黑复幽深，恨无巨灵力。

余欲锤碎之，白猿当自出。

张岱《呼猿洞》对：

洞里白猿呼不出，崖前残石悔飞来。

【注释】

　　[1]岫：山洞。

　　[2]径山：天目山的东北峰，有径通天目山，故名。历代均有高僧居于此。在浙江余杭县西北。

　　[3]格迕：格忤，阻格不合。

　　[4]麾：古代指挥军队的旗帜。引申为指挥。

三生石

　　三生石在下天竺寺后。东坡《圆泽传》曰：洛师[1]惠林寺，故光禄卿[2]李憕居第。禄山陷东都[3]，憕以居守死之。子源，少时以贵游子豪侈善歌闻于时。及憕死，悲愤自誓，不仕，不娶，不食肉，居寺中五十余年。寺有僧圆泽，富而知音。源与之游甚密，促膝交语竟日，人莫能测。一日相约游蜀青城峨嵋山，源欲自荆州溯峡，泽欲取长安斜谷[4]路。源不可，曰："吾以绝世事，岂可复到京师哉！"泽默然久之，曰："行止固不由人。"遂自荆州路。舟次南浦[5]，见妇人锦裆[6]负罂而汲者，泽望而叹曰："吾不欲由此者，为是也。"源惊问之。泽曰："妇人姓王氏，吾当为之子。孕三岁矣，吾不来，故不得乳。今既见，无可逃之。公当以符咒助吾速生。三日浴儿[7]时，愿公临我，以笑为信。后十三年中秋月夜，杭州天竺寺外，当与公相见。"源悲悔，而为具沐浴易服。至暮，泽亡而妇乳。三日，往观之，儿见源果笑。具以语王氏，出家财葬泽山下。源遂不果行。返寺中，问其徒，则既有治命[8]矣。后十三年，自洛还吴，赴其约。至所约，闻葛洪川畔有牧童扣角而歌之曰："三生石上旧精魂，赏月吟风不要论。惭愧情人远相访，此身虽异性长存。"呼问："泽公健否？"答曰："李公真信士，然俗缘未尽，慎弗相近，惟勤修不堕，乃复相见。"又歌曰："身前身后事茫茫，欲话因缘恐断肠。吴越山川寻已遍，却回烟棹上瞿唐[9]。"遂去不知所之。后二年，李德裕[10]奏源忠臣子，笃孝，拜谏议大夫。不就，竟死寺中，年八十一。

王元章[11]《送僧归中竺》诗：

天香阁上风如水，千岁岩前云似苔。
明月不期穿树出，老夫曾此听猿来。
相逢五载无书寄，却忆三生有梦回。
乡曲[12]故人凭问讯，孤山梅树几番开。

苏轼《赠下天竺惠净师》诗：

予去杭十六年而复来，留二年而去[13]。平生自觉出处老少，粗似乐天，虽才名相远，而安分寡求亦庶几焉。三月六日，来别南北山诸道人，而下天竺惠净师以丑石赠，作三绝句：

当年衫鬓两青青，强说重来慰别情。

衰鬓只今无可白，故应相对说来生。

出处依稀似乐天，敢将衰朽较前贤。

便从洛社休官去，犹有闲居二十年[14]。

在郡依前六百日[15]，山中不记几回来。

还将天竺一峰去，欲把云根[16]到处栽。

【注释】

[1] 洛师：洛阳。

[2] 光禄卿：唐以后专管皇家祭品及宴会的官员。

[3] 东都：洛阳。

[4] 斜谷：山谷名，在陕西终南山，为古陕蜀的通道。

[5] 南浦：县名。故城在今四川万县境。

[6] 裆：坎肩，背心。

[7] 三日浴儿：婴儿出生后三日或满月时，民间有替婴儿洗身的习俗。

[8] 治命：合理的遗言、遗命。《左传·宣公十五年》："初，魏武子有嬖妾，无子。武子疾，命颗曰：'必嫁是。'疾病则曰：'必以为殉。'及卒，颗嫁之，曰：'疾病则乱，吾从其治也。及辅氏之役，颗见老人结草以亢杜回，杜回踬而颠，故获之。'夜梦之曰：'余，而所嫁妇人之父也。尔用先人之治命，余是以报。'"

[9] 瞿塘：长江三峡之一，在重庆奉节县。

[10] 李德裕：字文饶，赵郡（今河北赵县）人。唐宰相李吉

甫之子，历仕宪、穆、敬、文武诸朝。

[11] 王元章：王冕，字元章，号煮石山农，诸暨（今浙江杭州）人。家贫，嗜学，窃听学舍读书，至忘其牛。往依佛寺，夜坐佛膝，映长明灯苦读（故有"却忆三生有梦回"之句），终成通儒。历游大都及名山大川，拒不入馆幕，卖画为生。一生好梅，尤工画梅（故诗中有"孤山梅树几番开"之句）。有《竹斋诗集》行世。

[12] 乡曲：此指乡亲。

[13] "予去杭"二句：苏轼于1071年至1074年通判杭州，1089年至1091年出知杭州。

[14] "便从"句：效仿白居易晚年闲居，与僧如满结香火社，文酒娱乐二十年。

[15] 六百日：知杭州二年。

[16] 云根：此指云游僧歇息的寺院。

上天竺

上天竺，晋天福[1]间，僧道翊[2]结茅庵于此。一夕，见毫光发于前涧，晚视之，得一奇木，刻画观音大士像。后汉乾祐[3]间，有僧从勋自洛阳持古佛舍利来，置顶上，妙相庄严，端正殊好，昼放白光，士民崇信。钱武肃王常梦白衣人求葺其居，寤而有感，遂建天竺观音看经院。宋咸平[4]中，浙西久旱，郡守张去华[5]率僚属具幡幢华盖迎请下山，而澍[6]雨沾足。自是有祷辄应，而雨每滂薄不休，世传烂稻龙王焉。南渡时，施舍珍宝，有日月珠、鬼谷珠、猫睛等，虽大内亦所罕见。嘉祐[7]中，沈文通[8]治郡，谓观音以声闻宣佛力，非禅那[9]所居，乃以教易禅[10]，

/ 075 /

令僧元净[11]号辨才者主之。凿山筑室，几至万础[12]。治平[13]中，郡守蔡襄[14]奏赐"灵感观音"殿额。辨才乃益凿前山，辟地二十有五寻，殿加重檐。建咸[15]四年，兀朮入临安，高宗航海。兀朮至天竺，见观音像喜之，乃载后车，与《大藏经》[16]并徙而北。时有比丘知完者，率其徒以从。至燕，舍于都城之西南五里，曰玉河乡，建寺奉之。天竺僧乃重以他木刻肖前像，诡曰："藏之井中，今方出现"，其实并非前像也。乾道[17]三年，建十六观堂，七年，改院为寺，门匾皆御书。庆元[18]三年，改天台教[19]寺。元至元三年毁。五年，僧庆思重建，仍改天竺教寺。元末毁。明洪武初重建，万历二十七年重修。崇祯末年又毁，清初又建。时普陀路绝，天下进香者皆近就天竺，香火之盛，当甲东南。二月十九日[20]，男女宿山之多，殿内外无下足处，与南海潮音寺[21]正等。

张京元《上天竺小记》：

天竺两山相夹，回合若迷。山石俱骨立，石间更绕松篁。过下竺，诸僧鸣钟肃客[22]，寺荒落不堪入。中竺如之。至上竺，山峦环抱，风气甚固，望之亦幽致。

萧士玮《上天竺小记》：

上天竺，叠嶂四周，中忽平旷，巡览迎眺，惊无归路。余知身之入而不知其所由入也。从天竺抵龙井，曲涧茂林，处处有之。一片云、神运石，风气遒逸，神明刻露。选石得此，亦娶妻得姜[23]矣。泉色绀碧[24]，味淡远，与他泉迥矣。

苏轼《记天竺诗引》：

轼年十二，先君[25]自虔州归，谓予言："近城山中天竺寺，有乐天亲书诗云[26]：'一山门作两山门，两寺原从一寺分。东涧水流西涧水，南山云起北山云。前台花发后台见，上界钟鸣下界闻。遥想吾师行道处，天香桂子落纷纷[27]。'笔势奇逸，墨迹如新。"今四十七年[28]，予来访之，则诗已亡，有刻石在耳。感涕不已，而作是诗。

又《赠上天竺辨才禅师》诗：

南北一山门，上下两天竺。

中有老法师，瘦长如鹳鹄。

不知修何行，碧眼照山谷。

见之自清凉，洗尽烦恼毒。

坐令一都会，方丈礼白足[29]。

我有长头儿[30]，角颊峙犀玉。

四岁不知行，抱负烦背腹。

师来为摩顶[31]，起走趁奔鹿。

乃知戒律中，妙用谢羁束。

何必言法华，佯狂啖鱼肉[32]。

张岱《天竺柱对》：

佛亦爱临安，法像自北朝留住。

山皆学灵鹫，洛伽[33]从南海飞来。

【注释】

[1] 天福：五代后晋高祖石敬瑭的年号。

[2] 道翊：结庐白云峰下，草衣木食。得异木，命人刻为观音大士像，人称白云开山祖师。

[3] 乾祐：后汉高祖刘暠及隐帝刘承祐的年号。

[4] 咸平：宋真宗的年号。

[5] 张去华：字信臣，开封襄邑（今河南睢县）人。宋太祖建隆年间进士。历太宗、真宗朝，历知杭州、苏州，以工部侍郎致仕。

[6] 澍：及时雨。

[7] 嘉祐：宋仁宗的年号。

[8] 沈文通：沈遘，字文通，钱塘人。仁宗皇祐年间进士，曾出知杭州。与从叔括、弟辽，合称"沈氏三先生"。有《西溪文集》。

[9] 禅那：梵语，省作"禅"。谓坐禅时，住心于一境，参悟佛理。

[10] 以教易禅：以教化取代禅悟。

[11] 元净：徐元净，字无象，杭州於潜人。出家受戒于天竺慈云师，住持上天竺，说法二十年。神宗赐紫衣及辩才之号，学徒万人。生前多为人治病，杭人尊事之。

[12] 万础：万级。

[13] 治平：宋英宗的年号。

[14] 蔡襄：字君谟，仙游（今属福建）人。天圣进士，尝知福、泉、杭三州。北宋书法四大名家之一。

[15] 建咸：当为建炎，宋高宗年号。

[16]《大藏经》：佛教典籍汇编而成的总集。

［17］乾道：宋教宗的年号。

［18］庆元：宋宁宗的年号。

［19］天台教：即天台宗，中国佛教宗派之一。由隋天台山国清寺智顗法师创建。以《法华经》为主要教义，又称法华宗。

［20］二月十九日：相传为观音菩萨生日。

［21］南海潮音寺：未详。史书记载，全国潮音寺共有三座：宜兴潮音寺、天津潮音寺和海南潮音寺，皆非本文所指。或为普陀山潮音洞右之普济寺。

［22］肃客：迎客。

［23］娶妻得姜：姜指齐国（姜姓）公主，卫庄公夫人，庄姜。《诗经·卫风·硕人》即描写其美貌。

［24］绀碧：深蓝色。

［25］先君：苏轼的父亲苏洵。据《苏轼年谱》载，1047年，苏洵游庐山东西二林，然后游虔州（今江西赣州）。秋八月，父苏序去世，返家。

［26］"近城"句：此城指虔州。天竺寺，指虔州修吉寺。唐代高僧韬光大师自杭州天竺寺移锡至修吉寺，改名天竺寺。张岱应该是误将苏轼此段诗文置于《上天竺》之后，实际上这段诗文与杭州天竺寺无关。诗中白居易赞赏韬光大师慧眼移锡至修吉寺，并改名天竺寺，赋《寄韬光禅师》诗以赠。此诗所咏为虔州天竺寺，而非杭州天竺寺。

［27］"天香"句：化用宋之问《灵隐寺》中"桂子月中落，天香云外飘"两句，赞颂韬光大师的德性。

［28］四十七年：苏轼被贬赴惠州，途中经虔州，访天竺寺，作《天竺寺》诗："香山居士留遗迹，天竺禅师有故家。空咏连

珠吟叠壁，已飞鸟失惊蛇。林深野桂寒无子，雨涩山姜病有花。
四十七年真一梦，天涯流落涕横斜。"而本文即诗之小引。可见此
诗应是张岱误引用，置于此。

[29] 白足：指僧人。

[30] 长头儿：《后汉书·贾逵传》谓逵好学，号称"问事不休
贾长头"。

[31] 摩顶：释迦牟尼以大法付嘱大菩萨时，用手摩其顶。后
为佛教戒授传法时的仪规。

[32] "何必"二句：相传开宝僧好诵《法华经》，行为怪诞。
苏州义师，好活烧鲤鱼，不待熟而食之。

[33] 洛伽：普陀洛伽山，浙江普陀山东南的一座小岛。

西湖中路

秦　楼

秦楼初名水明楼，东坡建，常携朝云[1]至此游览。壁上有三诗[2]，为坡公手迹。过楼数百武[3]，为镜湖楼，白乐天建。宋时宦杭者，行春则集柳洲亭[4]，竞渡则集玉莲亭[5]，登高则集天然图画阁，看雪则集孤山寺[6]，寻常宴客则集镜湖楼。兵燹[7]之后，其楼已废，变为民居。

苏轼《水明楼》诗：

黑云翻墨未遮山，白雨跳珠乱入船。
卷地风来忽吹散，望湖楼下水连天。

放生鱼鸟逐人来，无主荷花到处开。
水浪能令山俯仰，风帆似与月裴回。

未成大隐成中隐[8]，可得长闲胜暂闲。
我本无家更焉往，故乡无此好湖山。

　　[1]朝云：苏轼之妾，姓王名子霞，钱塘人。1094年苏轼贬惠州，朝云相随，1096年卒于惠州。

　　[2]三诗：即文后所附三首绝句。

　　[3]武：古代以半步为武。

　　[4]柳洲亭：在杭州涌金门北，北宋初为丰乐楼。详卷四《西湖南路·柳洲亭》。

　　[5]玉莲亭：详见卷一《西湖北路·玉莲亭》。

　　[6]孤山寺：即孤山广化寺。

　　[7]兵燹：战火。

　　[8]"未成"句：晋王康琚《反招隐诗》："小隐隐陵薮，大隐隐朝市。"白居易《中隐》诗："不如作中隐，隐在留司官。"后世遂有"大隐隐于朝，中隐隐于市，小隐隐于野"之说。

片石居

　　由昭庆缘湖而西，为餐香阁，今名片石居。闳阁[1]精庐，皆韵人别墅。其临湖一带，则酒楼茶馆，轩爽面湖，非惟心胸开涤，亦觉日月清朗[2]。张谓[3]"昼行不厌湖上山，夜坐不厌湖上月"，则尽之矣。再去则桃花港，其上为石函桥[4]，唐刺史李邺侯所建，有水闸泄湖水以入古荡。沿东西马塍、羊角埂，至归锦桥，凡四派[5]焉。白乐天记云："北有石函，南有笕，决湖水一寸，可溉田五十余顷。"闸下皆石骨磷磷，出水甚急。

徐渭《八月十六片石居夜泛》词：

月倍此宵多，杨柳芙蓉夜色蹉。鸥鹭不眠如昼里，舟过，向前惊换几汀莎。　筒酒觅稀荷，唱尽塘栖《白苎歌》[6]。天为红妆重展镜，如磨，渐照胭脂奈褪何。

【注释】

[1] 闵阁：幽室。

[2] "非惟"句：《世说新语·言语》："非惟使人情开涤，亦觉日月清朗。"

[3] 张谓：唐代诗人。字正言，天宝二年进士。乾元中，为尚书郎，大历间，官至礼部侍郎，三典贡举。所引诗句出自《湖上对酒行》。

[4] 石函桥：下有过水涵洞的石桥。

[5] 凡四派：共四条支流。

[6] 塘栖：古镇名。地处京杭大运河南端，元明清时商贾云集，富甲一方。《白苎歌》：乐府名，即《白红歌》。赞舞者姿态之美。

十锦塘

十锦塘[1]，一名孙堤，在断桥下。司礼太监孙隆于万历十七年修筑。堤阔二丈，遍植桃柳，一如苏堤。岁月既多，树皆合抱。行其下者，枝叶扶苏，漏下月光，碎如残雪。意向言断桥残雪，或言月影也。苏堤离城远，为清波[2]孔道，行旅甚稀。孙堤直达西泠，车马游人，往来如织。兼以西湖光艳，十里荷香，如入山阴道上，使人应接不暇[3]。湖船小者，可入里湖，大者缘堤倚徙，由锦带桥循至望湖亭，亭在十锦塘之尽。渐近孤山，湖面宽厂。孙东瀛修葺华丽，增筑露台，可风可月，兼可肆筵设席。笙歌剧戏，无日无之。今改作龙王堂，旁缀数楹，咽塞离披[4]，旧景尽失。再去，则孙太监生祠，背山面湖，颇极壮丽。近为卢太监舍以供佛，改名卢舍庵，而以孙东瀛像置之佛龛之后。孙太监以数十万金钱装塑西湖，其功不在苏学士之下，乃使其遗像不得一见湖光山色，幽囚面壁，见之大为鲠闷。

袁宏道《断桥望湖亭小记》：

湖上由断桥至苏公堤一带，绿烟红雾，弥漫二十余里。歌吹为风，粉汗为雨，罗纨[5]之盛，多于堤畔之柳，艳冶极矣。然杭人游湖，止午、未、申三时[6]，其实湖光染翠之工，山岚设色之妙，全在朝日始出、夕舂[7]未下，始极其浓媚。月景尤为清艳，花态柳情，山容水意，别是一种趣味。此乐留与山僧游客受用，安可为俗士道哉！望湖亭即断桥一带，堤甚工致，比苏公堤犹美。夹道种绯桃、垂柳、芙蓉、山茶之属二十余种。堤边白石砌如玉，布地皆软沙如茵。杭人曰："此内使孙公[8]所修饰也。"此公大是西湖功德主。自昭庆、天竺、净慈、龙井及山中庵院之属，所施不下数十万。余谓白、苏二公，西湖开山古佛，此公异日伽蓝也。"腐儒，几败乃公事！"[9]可厌！可厌！

张京元《断桥小记》：

西湖之胜，在近；湖之易穷，亦在近。朝车暮舫，徒行缓步，人人可游，时时可游。而酒多于水，肉高于山，春时肩摩趾错，男女杂沓，以挨簇为乐。无论意不在山水，即桃容柳眼，自与东风相倚，游者何曾一着眸子[10]也。

李流芳《断桥春望图题词》：

往时至湖上，从断桥一望，便魂消欲死。还谓所知，湖之潋滟熹微，大约如晨光之着树，明月之入庐。盖山水映发，他处即有澄波巨浸，不及也。壬子[11]正月，以访旧重至湖上，辄独往断桥，裴回终日，翌日为杨谶西题扇云："十里西湖意，都来到断桥。寒生梅萼小，春入柳丝娇。乍见应疑梦，重来不待招。故人知我否，吟望正萧条。"又明日作此图。小春四月，同孟旸、子与[12]夜话，题此。

谭元春[13]《湖霜草序》：

予以己未[14]九月五日至西湖，不寓楼阁，不舍庵刹，而以琴尊书札，托一小舟。而舟居之妙，在五善焉。舟人无酬答，一善也。昏晓不爽其候，二善也。访客登山，恣意所如，三善也。入断桥，出西泠，午眠夕兴，四善也。残客可避，时时移棹，五善也。挟此五善，以长于湖。僧上凫下，筋止茗生[15]，篙楫因风，渔笠聚火[16]。盖以朝山夕水，临涧对松，岸柳池莲，藏身接友，早放孤山，晚依宝石，足了吾生，足济吾事矣。

王叔杲[17]《十锦塘》诗：

横截平湖十里天，锦桥春接六桥烟。
芳林花发霞千树，断岸光分月两川。
几度舻飞堤外景，一清棹发镜中船。
奇观妆点知谁力，应有歌声被管弦。

白居易《望湖楼》诗：

尽日湖亭卧，心闲事亦稀。
起因残醉醒，坐待晚凉归。
松雨飘苏帽，江风透葛衣。
柳堤行不厌，沙软絮霏霏。

徐渭《望湖亭》诗：

亭上望湖水，晶光淡不流。
镜宽万影落，玉湛一矶浮。
寒入沙芦[18]断，烟生野鹜投。
若从湖上望，翻羡此亭幽。

张岱《西湖七月半[19]记》：

　　西湖七月半，一无可看，止可看看七月半之人。看七月半之人，以五类看之。其一，楼船箫鼓，峨冠盛筵，灯火优傒，声光相乱，名为看月而实不见月者，看之。其一，亦船亦楼，名娃闺秀，携及童娈，笑啼杂之，环坐露台，左右盼望，身在月下而实不看月者，看之。其一，亦船亦声歌，名妓闲僧[20]，浅酌低唱，弱管轻丝，竹肉相发[21]，亦在月下，亦看月，而欲人看其看月者，看之[22]。其一，不舟不车，不衫不帻，酒醉饭饱，呼群三五，挤入人丛，昭庆、断桥，嚣呼嘈杂，装假醉，唱无腔曲，月亦看，看月者亦看，不看月者亦看，而实无一看者，看之。其一，小船轻幌，净几暖炉，茶铛旋煮，素瓷静递，好友佳人，邀月同坐，或匿影树下，或逃嚣里湖，看月而人不见其看月之态，亦不作意看月者，看之。杭人游湖，巳出酉归[23]，避月如仇，是夕好名，逐队争出，多犒门军酒钱，轿夫擎燎[24]，列俟岸上。一入舟，速舟子急放断桥，赶入胜会。以故二鼓[25]以前，人声鼓吹，如沸如撼，如魇如呓，如聋如哑，大船小船一齐凑岸，一无所见，止见篙击篙，舟触舟，肩摩肩，面看面而已。少刻兴尽，官府席散，皂隶喝道去，轿夫叫船上人，怖以关门，灯笼火把如列星，一一簇拥而去。岸上人亦逐队赶门，渐稀渐薄，顷刻散尽矣。吾辈始舣舟近岸，断桥石磴始凉，席其上，呼客纵饮。此时，月如镜新磨，山复整妆，湖复颒面[26]。向之浅斟低唱者出，匿影树下者亦出，吾辈往通声气[27]，拉与同坐。韵友来，名妓至，杯箸安，竹肉发。月色苍凉，东方将白，客方散去。吾辈纵舟，酣睡于十里荷花之中，香气拍人，清梦甚惬。

【注释】

　　[1] 十锦塘：即白堤。明万历年间，孙隆修治白堤，更名为十锦塘。

　　[2] 清波：清波门，杭州西城门，南宋时建。

　　[3] "如入"二句：《世说新语·言语》："王子敬（献之）云：从山阴道上行，山川自相映发，使人应接不暇。"

　　[4] 离披：散乱貌。

　　[5] 罗纨：绫罗质地的裤。此处指男子。

　　[6] 午：午时，11：00-13：00。未：未时，13：00-15：00。申：申时，15：00-17：00。

　　[7] 夕舂：夕阳。

　　[8] 内使孙公：太监孙隆。

　　[9] "腐儒"句：《汉书·高帝纪上》载，郦食其建议刘邦分封六国之后，刘邦同意，并刻了封印。询问张良，良对以"八不可"，汉王辍饭吐哺，曰：'竖儒，几败乃公事！'"此处"乃公"，即"你老子"。

　　[10] 一着眸子：看上一眼。

　　[11] 壬子：明万历四十年（1612）。

　　[12] 子与：闻启祥，字子将，和他的弟弟子与都是明末杭州文学团体小筑社的成员。

　　[13] 谭元春：字友夏，湖广竟陵（今湖北天门市）人。"竟陵派"创始人，明代文学家。论文重视性灵，提倡幽深孤峭的风格。有《谭友夏合集》等。

　　[14] 己未：万历四十七年（1619）。

　　[15] 觞止茗生：酒停则品茶。

〔16〕渔笺聚火：停船起灶。

〔17〕王叔杲：字阳德、旸谷，浙江温州永昌堡人。嘉靖进士。官至湖广按察使司副使，整饬兵备，政绩卓著。有《三吴水利考》《五介园存稿》。

〔18〕沙芦：泥沙里的芦草。

〔19〕七月半：农历七月十五为中元节。白天祭祀，夜晚赏月。

〔20〕闲僧：据吴自牧《梦粱录》，七月十五日，僧尼放假，称解制日。这一天，官家富户在寺庙大做佛事，不做佛事的僧侣称"闲僧"。

〔21〕竹肉相发：箫笛声伴着歌唱声。《晋书·孟嘉传》："丝不如竹，竹不如肉。"

〔22〕"月亦看"四句：这些是既看月，又看赏月和不赏月的人，好像什么都看，实际是什么都不看的人。

〔23〕巳：上午九时至十一时。酉：下午五时至七时。

〔24〕擎燎：高举火把。

〔25〕二鼓：二更。晚九至十一点。

〔26〕颒面：洗脸。

〔27〕往通声气：用言语沟通感情。

孤　山 [1]

《水经注》[2]曰：水黑曰卢，不流曰奴；山不连陵曰孤。梅花屿介于两湖 [3] 之间，四面岩峦，一无所丽，故曰孤也。是地水望澄明，皦焉冲照，亭观绣峙，两湖反景，若三山 [4] 之倒水下。山麓多梅，为林和靖放鹤之地。林逋隐居孤山，宋真宗征之不就，赐号和靖处士。常畜双鹤，縦之樊中。逋每泛小艇，游湖中诸寺，有客来，童子开樊放鹤，纵入云霄，盘旋良久，逋必棹艇遄归，盖以鹤起为客至之验也。临终留绝句曰："湖外青山对结庐，坟前修竹亦萧疏。茂陵[5]他日求遗稿，犹喜曾无封禅书。"绍兴十六年建四圣延祥观，尽徙诸院刹及士民之墓，独逋墓诏留之，弗徙。至元，杨连真伽发其墓，唯端砚[6]一、玉簪一。明成化十年，郡守李瑞修复之。天启间，有王道士欲于此地种梅千树。云间张侗初[7]太史补《孤山种梅序》。

袁宏道《孤山小记》：

孤山处士，妻梅子鹤，是世间第一种便宜人。我辈只为有了妻子，便惹许多闲事，撇之不得，傍之可厌，如衣败絮行荆棘中，步步牵挂。近日雷峰下有虞僧儒，亦无妻室，殆是孤山后身。所著《溪上落花诗》，虽不知于和靖如何，然一夜得百五十首，可谓迅捷之极。至于食淡参禅，则又加孤山一等矣，何代无奇人哉！

张京元《孤山小记》：

孤山东麓，有亭翼然。和靖故址，今悉编篱插棘。诸巨家规种桑养鱼之利，然亦赖其稍葺亭榭，点缀山容。楚人之弓[8]，何问官与民也。

又《萧照[9]画壁》：

西湖凉堂，绍兴间所构。高宗将临观之。有素壁四堵，高二丈，中贵人促萧照往绘山水。照受命，即乞尚方酒四斗，夜出孤山，每一鼓即饮一斗，尽一斗则一堵已成，而照亦沉醉。上至，览之叹赏，宣赐金帛。

沈守正[10]《孤山种梅疏》：

西湖之上，葱蒨亲人，亦爽朗易尽。独孤山盘郁重湖之间，水石草木皆有幽色。唐时楼阁参差，诗歌点缀，冠于两湖。读"不雨山常润，无云水自阴"[11]之句，犹可想见当时。道孤山者，不径西泠，必沿湖水，不似今从望湖折阛阓而入也。此地尚有古梅偃蹇[12]，云是和靖故居。

李流芳《题孤山夜月图》：

曾与印持诸兄弟[13]醉后泛小艇，从孤山而归。时月初上新堤，柳枝皆倒影湖中，空明摩荡，如镜中，复如画中。久怀此胸臆，壬子在小筑，忽为孟旸写出，真画中矣。

苏轼《书林逋诗后》：

吴侬生长湖山曲，呼吸湖光饮山渌[14]。
不论世外隐君子，佣儿贩妇皆冰玉。
先生可是绝俗人，神清骨冷无由俗。
我不识见曾梦见，瞳子瞭然光可烛。
遗篇妙字处处有，步绕西湖看不足。

诗如东野[15]不言寒，书似西台[16]差少肉。

平生高节已难继，将死微言犹可录[17]。

自言不作封禅书，更肯悲吟白头曲[18]。

我笑吴人不好事，好作祠堂傍修竹。

不然配食水仙王，一盏寒泉荐秋菊。

张祜《孤山》诗：

楼台耸碧岑，一径入湖心。

不雨山常润，无云水自阴。

断桥荒藓合，空院落花深。

犹忆西窗月，钟声出北林。

徐渭《孤山玩月》诗：

湖水淡秋空，练色澄初静。

倚棹激中流，幽然适吾性。

举酒忽见月，光与波相映。

西子拂淡妆，遥岚挂孤镜。

座客本玉姿，照耀几筵莹。

暇时吐高怀，四座尽倾听。

却言处士疏，徒抱梅花咏。

如以径寸鱼，蹄涔[19]即成泳。

论久兴弥洽，返棹堤逾迥。

自顾纵清谈，何嫌麈尘柄[20]。

卓敬[21]《孤山种梅》诗：

风流东阁[22]题诗客，潇洒西湖处士家。
雪冷江深无梦到，自锄明月种梅花。

王稚登[23]《赠林纯卿卜居孤山》诗：

藏书湖上屋三间，松映轩窗竹映关。
引鹤过桥看雪去，送僧归寺带云还。
轻红荔子家千里，疏影梅花水一湾。
和靖高风今已远，后人[24]犹得住孤山。

陈鹤[25]《题孤山林隐君祠》诗：

孤山春欲半，犹及见梅花。
笑踏王孙草[26]，闲寻处士家。
尘心莹水镜，野服映山霞。
岩壑长如此，荣名岂足夸。

王思任《孤山》诗：

淡水浓山画里开，无船不署好楼台。
春当花月人如戏，烟入湖灯声乱催。
万事贤愚同一醉，百年修短未须哀。
只怜逋老栖孤鹤，寂寞寒篱几树梅。

张岱《补孤山种梅叙》：

　　盖闻地有高人，品格与山川并重；亭遗古迹，梅花与姓氏俱香。名流虽以代迁，胜事自须人补。在昔西泠逸老[27]，高洁韵同秋水，孤清操比寒梅。疏影横斜，远映西湖清浅；暗香浮动，长陪夜月黄昏。今乃人去山空，依然水流花放。瑶葩洒雪，乱飘冢上苔痕；玉树迷烟，恍堕林间鹤羽。兹来韵友，欲步前贤，补种千梅，重修孤屿。凌寒三友，早连九里[28]松篁；破腊一枝，远谢六桥桃柳。伫想水边半树，点缀冰花；待将雪后横枝[29]，低昂铁干。美人来自林下，高士卧于山中[30]。白石苍崖，拟筑草亭招放鹤；浓山淡水，闲锄明月种梅花[31]。有志竟成，无约不践。将与罗浮[32]争艳，还期庾岭[33]分香。实为林处士之功臣，亦是苏长公之胜友[34]。吾辈常劳梦想，应有宿缘。哦曲江诗[35]（曲江张九龄有《庭梅吟》），便见孤芳风韵；读广平赋[36]，尚思铁石心肠。共策灞水之驴，且向断桥踏雪；遥瞻漆园之蝶[37]，群来林墓寻梅。莫负佳期，用追芳躅。

张岱《林和靖墓柱铭》：

　　云出无心，谁放林间双鹤。
　　月明有意，即思冢上孤梅。

【注释】

　　[1]孤山：山以孤峙在里外西湖之间而得名。又因多梅花，而名梅屿。

［2］《水经注》：书名。北魏郦道元对《水经》作了注释和补充，自成四十卷巨著。"《水经注》"四句见《水经注》卷十一《滱水》。

［3］两湖：里外西湖。

［4］三山：传说中的海上三仙山：蓬莱、方丈、瀛洲。

［5］茂陵：指汉武帝，汉武帝生前即为自己预造的陵墓。封禅书：《史记》有《封禅书》，记录帝王祭天地的封禅典礼。祭天之功称封，祭地之功称禅。此指为帝王歌功颂德之作。

［6］端砚：产于广东端州（今肇庆），故名。石质坚实、细润，雕琢精美。唐代李贺、刘禹锡皆有诗咏之。

［7］云间：旧江苏松江府（今属上海）的别称。张侗初太史：张在华亭，自称鼐，字世调，华亭人（属松江）。万历进士。有《宝日堂集》。

［8］楚人之弓：刘向《说苑·至公》："楚共王出猎而遗其弓，左右请求（寻）之。共王曰：'止。楚人遗弓，楚人得之，又何求焉。'"

［9］萧照：南宋高宗朝画院待诏。师从李唐，传世之作有《中兴瑞应图》《秋山红树图》《山腰楼观图》等。

［10］沈守正：字无回，明代钱塘人。

［11］"不雨"二句：见下引张祜《孤山》诗。

［12］偃蹇：高耸。

［13］印持诸兄弟：严调御（印持）、严武顺、严敕三兄弟，作者的朋友，明末杭州文学社团小筑社的主要成员。

［14］山渌：山中的清水。

［15］东野：唐代诗人孟郊，字东野，和诗人贾岛都以苦吟著称，有"郊寒岛瘦"之称。

［16］西台：此指代北宋书法家李建中，字得中，曾官西京留司御史台（通称西台），故有"李西台"之称。他兼擅草、隶篆、籀、八分等，笔致丰腴肥厚。有《土母帖》《同年帖》《贵宅帖》等传世。

［17］将死微言：见本文所引"临终留绝句"云云。

［18］"更肯"句：林逋一生未娶，自然无所谓《白头吟》。白头曲，即《白头吟》，卓文君作。

［19］蹄涔：牲口蹄印中的积水。形容体积容量很小。

［20］麈柄：古人清谈时执以驱虫的工具，以麈鹿尾做成。

［21］卓敬：字惟恭，洪武进士。博学多才，诗词宏丽。历官户部侍郎。因不事明成祖朱棣被杀，并夷三族。

［22］东阁：古代宰相款待宾客的场所。

［23］王稚登：字伯穀，诗文书法俱有盛名。嘉靖末入太学，万历时曾召修国史。万历十四年与王世贞、屠隆等结南屏社。诗文剧作颇丰，有《王伯穀集》《晋陵集》等。

［24］后人：指林纯卿。

［25］陈鹤：字鸣野，一字九皋，号海樵，山阴（今浙江绍兴）人。袭祖荫得百户，后弃官。诗文词曲书画俱能。有《海樵先生集》。

［26］王孙草：《楚辞·招隐士》："王孙游兮不归，春草生兮萋萋。"后以王孙草喻让人心生乡思离愁的景色。

［27］西泠逸老：指林逋。

［28］九里：杭州九里松，在艮山门外。

［29］雪后横枝：林逋《梅花》诗："雪后园林才半树，水边篱落忽横枝。"

［30］"美人"两句：明高启诗《梅花九首》之一："雪满山中高士卧，月明林下美人来。"

[31]"闲锄"句：南宋刘翰《种梅》诗有句云："自锄明月种梅花。"

[32]罗浮：广东省山名。山跨博罗、龙门、增城三地，有大小峰峦四百三十二座，道教称之为"第七洞天""第三十四福地"。有梅花村，人多植梅为生。

[33]庾岭：大庾岭，一名梅岭，为五岭之一，在江西广东交界处。相传汉武帝时，有庾姓将军筑城岭下。岭上多植梅树。

[34]苏长公之胜友：苏轼授宁远军节度副使惠州安置，过罗浮山，作《十一月二十六日松风亭下梅花盛开》，有"春风岭上淮南村，昔年梅花曾断魂。……岂知流落复相见，蛮风蜒雨愁黄昏"。又有《再用前韵》："罗浮山下梅花村，玉雪为骨冰为魂。……先生索居江海上，悄如病鹤栖荒园。天香国色肯相顾，知我酒熟诗清温。"梅花村遗址今犹存。胜友：良友，此指梅花。苏长公：苏轼原本有一兄长，于苏轼三岁时夭折，后人尊称苏轼为苏长公。

[35]"哦曲江诗"二句：唐代诗人张九龄，字子寿，韶州曲江人。其《庭梅咏》："芳意何能早，孤荣亦自危。更怜花蒂弱，不受岁寒移。朝雪那相妒，阴风已屡吹。馨香虽尚尔，飘荡复谁知。"有《曲江集》。

[36]"读广平赋"二句：宋璟，唐代邢州南和（今属河北）人，调露年进士。武后时任御史中丞。睿宗时任宰相，因奏请太平公主出居东都，贬为楚州刺史。综宗开元初复为相。为人刚直守正。名作《梅花赋》："余尝慕宋广平之为相，贞姿劲质，刚态毅状，疑其铁肠石心，不解吐婉媚辞，然睹其文而有《梅花赋》，清便富艳。得南朝徐、庾体，殊不类其为人也。"

[37]漆园之蝶：庄子曾在漆园为吏。《庄子·齐物论》："昔庄

周梦为蝴蝶，栩栩然蝴蝶也。自喻适志与，不知周也。俄然觉，则蘧蘧然周也。"

关王庙

北山两关王庙。其近岳坟者，万历十五年为杭民施如忠所建。如忠客燕，涉潞河[1]，飓风作，舟将覆，恍惚见王率诸河神拯救获免，归即造庙祝之，并祀诸河神。冢宰张瀚[2]记之。其近孤山者，旧祠卑隘。万历四十二年，金中丞[3]为导首鼎新之。太史董其昌手书碑石记之，其词曰："西湖列刹相望，梵宫之外，其合于祭法者，岳鄂王、于少保[4]与关神而三尔。甲寅[5]秋，神宗皇帝梦感圣母中夜传诏，封神为伏魔帝君，易兜鍪而衮冕，易大纛而九旒[6]。五帝同尊，万灵受职。视操、懿、莽、温[7]偶奸大物，生称贼臣，死堕下鬼，何啻天渊。顾旧祠湫隘[8]，不称诏书播告之意。金中丞父子爰议鼎新，时维导首，得孤山寺旧址，度材垒土，勒墙墉，庄像设，先后三载而落成。中丞以余实倡议，属余记之。余考孤山寺，且名永福寺。唐长庆四年[9]，有僧刻《法华》于石壁。会元微之[10]以守越州，道出杭，而杭守白乐天为作记。有九诸侯率钱助工，其盛如此。成毁有数，金石可磨，越数百年而祠帝君。以释典言之，则旧寺非所谓现天大将军身，而今祠非所谓现帝释身者耶。至人舍其生而生在，杀其身而身存。孔曰成仁，孟曰取义[11]，与《法华》一大事之旨何异也。彼谓忠臣义士犹待坐蒲团、修观行而后了生死者，妄矣。然则石壁岿然，而石经初未泐也。顷者四川奸叛，神为助力，事达宸聪[12]，非同语怪。惟辽西黠卤[13]尚缓天诛，帝君能报曹[14]

而有不报神宗者乎？左挟鄂王，右挟少保，驱雷部，掷火铃，昭陵之铁马嘶风，蒋庙之塑兵濡露，谅荡魔皆如蜀道矣。先是金中丞抚闽，藉神之告，屡歼倭夷，上功盟府[15]，故建祠之费，视众差巨，盖有夙意云。"寺中规制精雅，庙貌庄严，兼之碑碣清华，柱联工确，一以文理为之，较之施庙[16]，其雅俗真隔霄壤。

董其昌《孤山关王庙柱铭》：

忠能择主，鼎足分汉室君臣。
德必有邻，把臂[17]呼岳家父子。

宋兆禴[18]《关帝庙柱联》：

从真英雄起家，直参圣贤之位。
以大将军得度，再现帝王之身。

张岱《关帝庙柱对》：

统系[19]让偏安，当代天王归汉室。
春秋明大义，后来夫子属关公。

【注释】

[1] 潞河：即今北京的潮白河。

[2] 冢宰：原为周代六卿之一，后用以称吏部尚书。张瀚：字子文，仁和人。嘉靖进士，历官大名知府、右副都御使。万历初，

擢吏部尚书。

[3]金中丞：金士忠，字元卿，宿松（今属安徽）人，万历进士，任江西乐平县令，后迁监察御史，巡按黔、浙、豫，平倭有功，升都察院右佥都御史，巡抚延绥。所至多有建树，有《旭山集》十六卷。

[4]于少保：于谦，字廷益，号节庵，钱塘人。永乐进士。随宣宗平汉王朱高煦叛乱，巡按江西、河南、山西等地，颂声满道。土木之变时，明英宗被瓦剌首领也先俘获，他力排南迁之议，请固守，进尚书。破瓦剌军，加少保。也先挟英宗逼和，他以社稷为重，君为轻，不许。英宗既归复辟，石亨等诬其谋立襄王之子，被杀。万历中，追谥忠肃。

[5]甲寅：万历四十三年（1614）。

[6]大纛：古代军队的大旗。九旒：同"九旒"，帝王诸侯冠冕悬垂的玉串。

[7]操、懿、莽、温：指曹操、司马懿、王莽、桓温，他们位极人臣，权倾朝野，志在篡弑。偶奸大物：指加九锡。九锡原指皇帝赐予功臣的九种礼器。王莽篡汉前先加九锡，之后魏晋南北朝执政大臣夺取政权、建立新王朝前都加九锡，九锡遂成为"篡逆"的代称。

[8]湫隘：低湿狭窄。

[9]长庆：唐穆宗的年号。

[10]元微之：元稹，字微之，唐代诗人。累官至宰相。

[11]孔曰成仁：《论语·卫灵公》："志士仁人，无求生以害仁，有杀身以求仁。"孟曰取义：《孟子·告子上》："生，亦我所欲也；义，亦我所欲也。二者不可得兼，舍生而取义者也。"

［12］宸聪：谓皇帝的听闻。

［13］辽西黠卤：指东北地区的女真族，明末成为北方边患。
天诛：指明朝的征讨。

［14］报曹：指关羽为报答当年曹操以礼相待、千里放行之恩，
在华容道放其一条生路。

［15］上功盟府：功勋入载主持盟誓、典策的官府。

［16］施庙：即施如忠建的关王庙。

［17］把臂：握着对方手臂，表示亲密。

［18］宋兆禴：又名尔孚，号喜公，广东揭阳人。出身望族，
崇祯进士。以诗名。近人辑有《旧耕堂存辑》一册。

［19］统系：旧指宗族谱系。此处指刘备系刘汉皇裔之后。

苏小小墓

苏小小者，南齐时钱塘名妓也。貌绝青楼，才空士类，当时
莫不艳称。以年少早卒，葬于西泠之坞。芳魂不殁，往往花间出
现。宋时有司马槱[1]者，字才仲，在洛下[2]梦一美人搴帷而歌，
问其名，曰：西陵苏小小也。问歌何曲？曰：《黄金缕》[3]。后五
年，才仲以东坡荐举，为秦少章[4]幕下官，因道其事。少章异之，
曰："苏小之墓，今在西泠，何不酹酒吊之。"才仲往寻其墓拜之。
是夜，梦与同寝，曰：妾愿酬矣。自是幽昏三载，才仲亦卒于杭，
葬小小墓侧。

西陵苏小小诗：

妾乘油壁车，郎跨青骢马。

何处结同心，西陵松柏下。

又词：

妾本钱塘江上住，花落花开，不管流年度。燕子衔将春色去，纱窗几阵黄梅雨。 斜插玉梳云半吐，檀板轻敲，唱彻《黄金缕》。梦断彩云无觅处，夜凉明月生南浦。

李贺[5]《苏小小》诗：

幽兰露，如啼眼。无物结同心，烟花不堪剪。草如茵，松如盖。风为裳，水为珮。油壁车，久相待。冷翠烛，劳光彩。西陵下，风吹雨。

沈原理《苏小小歌》：

歌声引回波[6]，舞衣散秋影。梦断别青楼，千秋香骨冷。青铜镜里双飞鸾，饥乌吊月啼勾栏。风吹野火火不灭，山妖笑入狐狸穴。西陵墓下钱塘潮，潮来潮去夕复朝。墓前杨柳不堪折，春风自绾同心结。

元遗山[7]《题苏小像》：

槐荫庭院宜清昼，帘卷香风透。美人图画阿谁留，都是宣和[8]名笔内家收。 莺莺燕燕分飞后，粉浅梨花瘦。只除苏小不风流，斜插一枝萱草[9]凤钗头。

徐渭《苏小小墓》诗：

一抔苏小是耶非，绣口花腮烂舞衣。
自古佳人难再得，从今比翼罢双飞。
薤边露眼啼痕浅，松下同心结带稀。
恨不颠狂如大阮，欠将一曲恸兵闱[10]。

【注释】

[1]司马槱：字才仲，由苏轼荐，应制举中等，为钱塘幕官。

[2]洛下：指洛阳。

[3]《黄金缕》：词牌名，《蝶恋花》的别称，双调六十字，仄韵。据《西湖游览志余》记载，苏小小歌《黄金缕》（文后所附又词）的前半阕，后半阕为秦少章所作。

[4]秦少章：名觏，字少章，秦观之弟。

[5]李贺：字长吉，唐宗室之后，家道中落。才华横溢，因父讳而不得唐代举进士。诗风幽冷浓艳，虚幻荒诞。有《李长吉歌诗》传世。

[6]回波：乐曲名，六言四句，例以"回波尔时"四字起。

[7]元遗山：元好问，字裕之，号遗山，秀容（今山西忻县）人，其先祖为北魏鲜卑拓跋氏。金亡不仕。工诗词，擅散文，为金元之际诗坛巨擘。有《元遗山全集》行世。

[8]宣和：宋徽宗年号。徽宗好书画，在宫内成立画院，收集编辑历代诗书名画，成《宣和画谱》《宣和书谱》。

[9] 萱草：别名忘忧草、宜男草等。

[10] "恨不"二句：阮籍，字嗣宗，陈留尉氏（今属河南）人。父阮瑀为"建安七子"之一，他本人为"竹林七贤"之一，其侄阮咸也是"竹林七贤"之一，故称籍为"大阮"。籍生当乱世，纵酒谈玄，闻步兵厨营人善酿，有贮酒三百斛，乃求为步兵校尉。故人称"阮步兵"。兵家女有才色，未嫁而死。籍虽不识其父兄，径往哭之。此处徐渭自比阮籍，以兵家女比苏小小。

陆宣公祠

孤山何以祠陆宣公[1]也？盖自陆少保炳[2]为世宗乳母之子，揽权怙宠，自谓系出宣公，创祠祀之。规制宏厂[3]，吞吐湖山。台榭之盛，概湖无比。炳以势焰，孰有美产，即思攫夺。旁有故锦衣王佐[4]别墅壮丽，其孽子不肖，炳乃罗织其罪，勒以献产。捕及其母，故佐妾也。对簿时，子强辩。母膝行前，道其子罪甚详。子泣，谓母忍陷其死也。母叱之曰："死即死，尚何说！"指炳座顾曰："而父坐此非一日，作此等事亦非一日，而生汝不肖子，天道也，汝死犹晚！"炳颊发赤，趣遣之出，弗终夺。炳物故[5]，祠没入官，以名贤得不废[6]。隆庆间，御史谢廷杰[7]以其祠后增祀两浙名贤，益以严光、林逋、赵抃、王十朋、吕祖谦、张九成、杨简、宋濂、王琦、章懋、陈选[8]。会稽进士陶允宜[9]以其父陶大临自制牌版，令人匿之怀中，窃置其旁。时人笑其痴孝。

祁彪佳《陆宣公祠》诗：

东坡佩服宣公疏[10]，俎豆西泠？藻香。

/ 104 /

泉石苍凉存意气，山川开涤见文章。

画工界画[11]增金碧，庙貌巍峨见乔皇[12]。

陆炳湖头夸势焰，崇韬乃敢认汾阳。[13]

【注释】

[1]陆宣公：陆贽，字敬舆，唐代嘉兴人。大历进士，德宗召为翰林学士。官至中书侍郎、门下同平章事。卒谥宣。有《翰苑集》。

[2]陆少保炳：陆炳，平湖（今属浙江）人。其母亲是明世宗的乳母。曾自失火行宫中背出世宗，由是得宠，权势倾天下。

[3]宏厂：宏大。

[4]王佐：曾掌锦衣卫，后被陆炳取代。

[5]物故：死亡。

[6]以名贤得不废：因所祠是名相贤臣陆贽而得以不废。

[7]谢廷杰：隆庆六年（1572）以监察御史巡抚两浙，并重修浙江上虞东山的谢安（为其祖先）墓。

[8]严光：字子陵，会稽余姚人。少时与汉光武帝同游学。光武即位，隐而不见。帝令人寻访，遣使聘之，三返而后至。除谏议大夫，不屈，耕于富春山。后人名其钓处，为严陵濑。

王十朋：字龟龄，南宋乐清（今属浙江）人。绍兴进士第一，以龙图阁学士致仕。

吕祖谦：字伯恭，南宋婺州（今浙江金华）人，学者称东莱先生。曾任著作郎，兼国史院编修官。为学主"明理躬行"，为金华学派的主要代表。

张九成：字子韶，宋代钱塘人。绍兴廷对第一，官礼部侍郎。与秦桧不和，谪居十四年。自号横浦居士。

杨简：字敬仲，慈溪（今属浙江）人。乾道进士，历任富阳主簿，知乐平县，为政廉俭。终仕宝谟阁学士。

宋濂：字景濂，号潜溪，浦江（今属浙江）人。元代隐居不仕，明初应朱元璋召，任江南儒学提举，辅导太子十余年，奉命主修《元史》，为明朝开国文臣之首。后因孙获罪牵连，全家谪茂州，病死于途中。

王琦：字文进，宋代仁和（今杭州）人。历官四川副使，居官清介。

章懋：字德懋，明代兰溪（今属浙江）人。成化进士第一，授编修。致仕，以读书讲学为事，不入城府，世称枫山先生。

陈选：字士贤，明代临海（今属浙江）人。天顺进士，授御史，巡按江西，尽黜贪吏。历官按察使，广东左、右布政使。因忤宦官，被逮，卒于南昌。

［9］陶允宜：明万历进士，官至兵部员外郎。撰有《镜心堂草》。陶大临：字虞臣，会稽（今浙江绍兴）人。嘉靖进士，授编修。牌版：指灵牌。旧时丧礼所设的木主。

［10］"东坡"句：指苏轼在《乞校正陆贽奏议上进札子》一文中推崇陆贽的奏疏为"治乱之通鉴"。

［11］界画：中国画的一种门类。多以界笔直尺为工具，以楼台、屋宇为题材的绘画作品。

［12］鬲皇：辉煌。一指神名。

［13］"陆炳"二句：《新五代史·郭崇韬传》："以其姓郭，因以为子仪之后，崇韬遂以为然，其伐蜀也，过子仪墓，下马号恸而去，闻者颇以为笑。"此句讽刺陆炳冒认陆贽为先祖，与五代后唐名将郭崇韬（曾随后唐李存勖征战灭后梁）比附唐代中兴名将

汾阳王郭子仪之后相类似。

六一泉

六一泉[1]在孤山之南，一名竹阁，一名勤公[2]讲堂。宋元
祐[3]六年，东坡先生与惠勤上人同哭欧阳公处也。勤上人讲堂初
构，掘地得泉，东坡为作泉铭。以两人皆列欧公门下[4]，此泉方
出，适哭公讣，名以六一，犹见公也。其徒作石屋覆泉，且刻铭
其上。南渡高宗为康王时，常使金，夜行，见四巨人执殳前驱。
登位后，问方士，乃言紫薇垣[5]有四大将，曰：天蓬、天猷、翊圣、
真武。帝思报之，遂废竹阁，改延祥观，以祀四巨人。至元[6]初，
世祖又废观为帝师祠。泉没于二氏之居二百余年[7]。元季兵火，
泉眼复见，但石屋已圮，而泉铭亦为邻僧舁去。洪武初，有僧名
行升者，锄荒涤垢，图复旧观。仍树石屋，且求泉铭，复于故处。
乃欲建祠堂，以奉祀东坡、勤上人，以参寥故事，力有未逮。教
授徐一夔[8]为作疏曰："睠兹胜[9]地，实在名邦。勤上人于此幽
栖，苏长公因之数至。迹分缁素[10]，同登欧子之门；谊重死生，
会哭孤山之下。惟精诚有感通之理，故山岳出迎劳之泉。名聿[11]
表于怀贤，忱式昭于荐菊[12]。虽存古迹，必肇新祠。此举非为福
田[13]，实欲共成胜事。儒冠僧衲，请恢雅量以相成；山色湖光，
行与高峰而共远。愿言乐助，毋诮滥竽。"

苏轼《六一泉铭》：

欧阳文忠公将老，自谓六一居士[14]。予昔通守钱塘，别公

于汝阴而南。公曰："西湖僧惠勤甚文而长于诗。吾昔为《山中乐》三章以赠之。子闲于民事，求人于湖山间而不可得，则往从勤乎？"予到官三日，访勤于孤山之下，抵掌而论人物，曰："六一公，天人也。人见其暂寓人间，而不知其乘云驭风，历五岳而跨沧海也。此邦之人，以公不一来为恨。公麾斥八极，何所不至。虽江山之胜，莫适为主，而奇丽秀绝之气，常为能文者用。故吾以为西湖盖公几案间一物耳。"勤语虽怪幻，而理有实然者。明年公薨，予哭于勤舍。又十八年，予为钱塘守，则勤亦化去久矣。访其旧居，则弟子二仲在焉。画公与勤像，事之如生。舍下旧无泉，予未至数月，泉出讲堂之后，孤山之趾，汪然溢流，甚白而甘。即其地凿岩架石为室。二仲谓："师闻公来，出泉以相劳苦，公可无言乎？"乃取勤旧语，推本其意，名之曰"六一泉"。且铭之曰："泉之出也，去公数千里，后公之没十八年，而名之曰'六一'，不几于诞乎？曰：君子之泽，岂独五世而已[15]，盖得其人，则可至于百传。常试与子登孤山而望吴越，歌山中之乐而饮此水，则公之遗风余烈，亦或见于此泉也。"

白居易《竹阁》诗：

晚坐松檐下，宵眠竹阁间。
清虚当服药，幽独抵归山。
巧未能胜拙，忙应不及闲。
无劳事修炼，只此是玄关。

【注释】

[1]六一泉：在孤山脚下，苏轼为纪念恩师、自号"六一居士"的欧阳修而命名。

[2]勤公：惠勤，余杭人，北宋诗僧，居孤山。与苏轼为方外交，同泛西湖，诗歌酬唱。

[3]元祐：宋哲宗的年号。

[4]"以两人"句：苏轼参加嘉祐二年礼部进士试，主考官即礼部侍郎兼翰林侍读学士欧阳修。轼以《春秋对义》居第一。勤公或为欧阳公之私淑弟子。

[5]紫薇垣：紫薇垣以北极为中心，并以北极附近的一片星群为基础而构成，它包括北纬50度以北范围内的天区。

[6]至元：元世祖忽必烈的年号。帝师祠：祭祀受元朝皇帝供奉的帝师，元世祖至元六年始设。

[7]二百余年：指南宋初至元末。

[8]徐一夔：字大章，天台（今属浙江）人。博学工文，因荐为杭州教授，召修日历，书成，欲授翰林官，固辞。

[9]睠：同"眷"，反顾，回视。

[10]缁素：指僧与俗，惠勤与苏轼。僧徒衣缁（黑），故称缁流。

[11]聿：用于句首或句中的助词。

[12]忱：忠诚。式：助词。昭：显明。荐：献。

[13]福田：佛教谓积善行可得福报，犹如春种秋实，故喻善行为福田。

[14]六一居士：欧阳修自称藏一万卷书，三代以来金石遗文集录一千卷，琴一张，棋一局，酒一壶，加上自己一老翁居其间，

"岂不为六一乎？"（《六一居士传》）

[15]"君子之泽"二句：《孟子·离娄章句下》："君子之泽，五世而斩。"意君子的品行家风经过三五代之后就断绝了。此处作者反其意用之。

葛 岭

葛岭者，葛仙翁[1]稚川修仙地也。仙翁名洪，号抱朴子，句容人也。从祖葛玄，学道得仙术，传其弟子郑隐。洪从隐学，尽得其秘。上党鲍玄[2]妻以女。咸和[3]初，司徒导[4]招补主簿，干宝[5]荐为大著作，皆同辞。闻交趾[6]出丹砂，独求为勾漏[7]令。行至广州，刺史郑岳留之，乃炼丹于罗浮山中。如是者积年。一日，遗书岳曰："当远游京师，克期便发。"岳得书，狼狈往别，而洪坐至日中，兀然若睡，卒年八十一。举尸入棺，轻如蝉蜕，世以为尸解[8]仙去。智果寺西南为初阳台，在锦坞[9]上，仙翁修炼于此。台下有投丹井[10]，今在马氏园。宣德[11]间大旱，马氏甃井得石匣一，石瓶四。匣固不可启。瓶中有丸药若芡实者，啖之，绝无气味，乃弃。施渔翁独啖一枚，后年百有六岁。浚井后，水遂淤恶不可食，以石匣投之，清冽如故。

祁豸佳[12]《葛岭》诗：

抱朴游仙去有年，如何姓氏至今传。
钓台千古高风在，汉鼎虽迁尚姓严[13]。

勾漏灵砂世所稀，携来烹炼作刀圭^[14]。

若非渔子年登百，几使还丹^[15]变井泥。

平章甲第半湖边，日日笙歌入画船。

循州一去如烟散，葛岭依然还稚川。

葛岭孤山隔一丘，昔年放鹤^[16]此山头。

高飞莫出西山缺，岭外无人勿久留。

【注释】

[1] 葛仙翁：葛洪，字稚川，晋句容（今属江苏）人，自号抱朴子。家贫好学，始以儒术知名，后好神仙导引之术。著有《抱朴子》。

[2] 上党：旧郡名，在今山西长治。鲍玄：东晋南海太守，好道教。

[3] 咸和：晋成帝的年号。

[4] 司徒导：王导，字茂弘，临沂（今属山东）人。历事晋元帝、明帝、成帝三朝，出将入相，官至太傅。主簿：负责文书簿籍的官员。

[5] 干宝：字令升，新蔡（今属河南）人。好阴阳术数。晋元帝时，以著作郎领修国史，著《晋纪》，今佚。有《搜神记》，集神怪灵异故事。大著作：著作郎的别称。负责修史之职。

[6] 交趾：西汉所置十三刺史部之一，辖地相当今广东、广西大部和越南的北部。

[7] 勾漏：县名，在今广西北流。

[8] 尸解：道教认为，修道者死后留下形骸，魂魄散去成仙，称为尸解。

[9] 锦坞：在宝石山之东，宋时，此地花卉灿烂若锦，故名。

[10] 投丹井：即葛翁井，在智果寺西南，相传为葛稚川投丹之所。

[11] 宣德：明宣宗的年号。

[12] 祁豸佳：字止祥，号雪瓢，山阴（今浙江绍兴）人。彪佳之弟。明亡，隐居不仕。与王雨谦（白岳山人）、陈洪绶等结"云门十子"社，隐梅市卖画代耕。有画作传世，诗、文词皆有致。

[13] "钓台"句：用东汉严光却光武帝之聘，隐居富春江钓台的故事。

[14] 刀圭：中药量器名。此处指药物。

[15] 还丹：服之能得道升仙的丹药，即文中"有丸药若芡实者"。

[16] 放鹤：指宋代林逋"梅妻鹤子"的故事。

苏公堤

杭州有西湖，颍上[1]亦有西湖，皆为名胜，而东坡连守二郡。其初得颍，颍人曰："内翰[2]只消游湖中，便可以了公事。"秦太虚[3]因作一绝云："十里荷花菡萏初，我公身至有西湖。欲将公事湖中了，见说官闲事亦无。"后东坡到颍，有谢执政启[4]云："入参两禁[5]，每玷北扉之荣[6]；出典二帮[7]，迭为西湖之长。"故其在杭，请浚西湖，聚葑泥，筑长堤，自南之北，横截湖中，遂名苏公堤。夹植桃柳，中为六桥。南渡之后，鼓吹楼船，颇极华丽。后以湖水漱啮[8]，堤渐凌夷[9]。入明，成化以前，里湖尽为民业，六桥水流如线。正德三年，郡守杨孟瑛辟之，西抵北新堤为界，增益苏堤，高二丈，阔五丈三尺，增建里湖六桥，列种万柳，顿复旧观。久之，柳败而稀，堤亦就圮。嘉靖十二年，县令王钰令犯罪轻者种桃柳为赎，红紫灿烂，错杂如锦。后以兵火，砍伐殆尽。万历二年，盐运使朱炳如[10]复植杨柳，又复灿然。迨至崇祯初年，堤上树皆合抱。太守刘梦谦[11]与士夫陈生甫辈时至。二月，作胜会于苏堤。城中括羊角灯[12]、纱灯几万盏，遍挂桃柳树上，下以红毡铺地，冶童[13]名妓，纵饮高歌。夜来万蜡齐烧，光明如昼。湖中遥望堤上万蜡，湖影倍之。萧管笙歌，沉沉昧旦[14]。传之京师，太守镌级[15]。因想东坡守杭之日，春时每遇休暇，必约客湖上，早食于山水佳处。饭毕，每客一舟，令队长一人，各领数妓，任其所之。晡后鸣锣集之，复会望湖亭或竹阁，极欢而罢。至一、二鼓[16]，夜市犹未散，列烛以归。城中士女夹道云集而观之。此真旷古风流，熙世乐事，不可复追也已。

张京元《苏堤小记》：

苏堤度六桥，堤两旁尽种桃柳，萧萧摇落。想二三月，柳叶桃花，游人阗塞，不若此时之为清胜。

李流芳《题两峰罢雾图》：

三桥龙王堂，望西湖诸山，颇尽其胜。烟林雾障，映带层叠；淡描浓抹，顷刻百态。非董、巨[17]妙笔，不足以发其气韵。余在小筑[18]时，呼小舟桨至堤上，纵步看山，领略最多。然动笔便不似。甚矣，气韵之难言也。予友程孟旸《湖上题画》诗云："风堤露塔欲分明，阁雨愁阴两未成。我试画君团扇上，船窗含墨信风行。"此景此诗，此人此画，俱属可想。癸丑[19]八月清晖阁题。

苏轼《筑堤》诗：

六桥横截天汉上，北山始与南屏通。
忽惊二十五万丈，老蓴席卷苍烟空。

昔日珠楼拥翠钿，女墙犹在草芊芊。
东风第六桥边柳，不见黄鹂见杜鹃。

又诗：

惠勤、惠思皆居孤山。苏子悴郡[20]，以腊日访之，作诗云：
天欲雪时云满湖，楼台明灭山有无。
水清石出鱼可数，林深无人鸟相呼。
腊月不归对妻孥，名寻道人实自娱。
道人之居在何许，宝云山[21]前路盘纡。
孤山孤绝谁肯庐，道人有道山不孤。
纸窗竹屋深自暖，拥褐坐睡依团蒲。
天寒路远愁仆夫，整驾催归及未晡。
出山回望云水合，但见野鹤盘浮屠。
兹游淡泊欢有余，到家恍如梦蘧蘧[22]。

作诗火急追亡逋，清景一失后难摹[23]。

王世贞《泛湖度六桥堤》诗：
拂幰[24]莺啼出谷频，长堤夭矫跨苍旻[25]。
六桥天阔争虹影，五马飙开散曲尘。
碧水乍摇如转盼，青山初沐竞舒颦。
莫轻杨柳无情思，谁是风流白舍人[26]？

李鉴龙《西湖》诗：

花柳曾闻暗六桥，近来游舫甚萧条。
折残画阁堤边失，倒入山光波上摇。
秋水湖心眸一点，夜潭塔影黛双描。
兰亭感慨今移此[27]，痴对雷峰话寂寥。

【注释】

[1]颍上：县名，属安徽省阜阳市，以地处颍水上游得名。颍上清涟阁、西湖，在城西，唐宋时，与杭州西湖齐名，与杭州并称"杭颍"。

[2]内翰：苏轼于元祐六年知颍州，元祐四年，他曾以翰林学士知制诰兼侍读出知杭州，故称内翰。

[3]秦太虚：秦观，字太虚、少游，号淮海居士，高邮（今属江苏）人，苏门四学士之一，诗词俱佳，有《淮海集》，与苏轼谊兼师友。据《王直方诗话》，此诗当系其弟秦少章所作。

[4]启：旧时文体的一种，泛指奏疏、公文、书函。

〔5〕两禁：北宋时，翰林学士直舍在皇宫北门（即文中的"北扉"）两侧，因以"两禁"指代翰林院。

〔6〕北扉之荣：北扉，学士院（翰林院）的代称。唐高宗诏文士拟召书，许从北门出入，其他官员只能由南门出入。苏轼为翰林学士，草拟召书，故有此说。

〔7〕出典二邦：指苏轼出守杭州和颍州。

〔8〕漱啮：水的侵蚀。

〔9〕凌夷：同"陵夷"，由强而衰。此指平坦。

〔10〕朱炳如：字稚文，衡阳（今属湖南）人，嘉靖进士，由御史出守泉州。历两浙运使、陕西布政使，以不附张居正罢官。

〔11〕刘梦谦：罗山（今河南信阳）人，崇祯进士，十三年任杭州太守。其在任时"乡里抽丰者多寓西湖，日以民词馈送。有轻薄子改古诗诮之曰：'山不青山楼不楼，西湖歌舞一时休。暖风吹得死人臭，还把杭州送汴州。'"（《陶庵梦忆·西湖香市》）他因此贬官。

〔12〕羊角灯：用羊角或牛蹄，经复杂工序制成，透明度仅次于玻璃灯。

〔13〕冶童：模样娇好的少年。

〔14〕昧旦：拂晓之时。

〔15〕镌级：削减官阶。

〔16〕一鼓：晚七点至九点。二鼓：晚九点至十一点。

〔17〕董、巨：董源、巨然，五代两位开宗立派的山水画大师。

〔18〕小筑：杭州邹孟阳的寓所，为文学社团小筑社的活动场所。

〔19〕癸丑：万历四十一年（1613）。

〔20〕倅：任州府的副官，此指苏轼任杭州通判。

［21］宝云：山名。在杭州葛岭初阳台东北。

［22］梦蘧蘧：用庄子梦蝶的典故。表示如梦似幻，亦梦亦真的境界。

［23］"作诗"二句：是苏轼主张诗歌创作要善于捕捉瞬息即逝的灵感，与"兔起鹘落，少纵则逝"（《文与可画篑笃谷偃竹记》）的论述可互参。

［24］幰：车上的帷幔，表官位。

［25］苍旻：苍天。

［26］白舍人：指白居易，因其曾为中书舍人，故称。

［27］兰亭感慨：东晋王羲之撰书《兰亭集序》中所抒发的人生短暂的感叹。

湖心亭

湖心亭旧为湖心寺，湖中三塔，此其一也。明弘治[1]间，按察司佥事阴子淑[2]秉宪甚厉。寺僧怙镇守中官[3]，杜门不纳官长。阴廉[4]其奸事，毁之，并去其塔。嘉靖三十一年，太守孙孟寻遗迹，建亭其上。露台亩许，周以石栏，湖山胜概，一览无遗。数年寻圮。万历四年，佥事徐廷裸[5]重建。二十八年[6]，司礼监孙东瀛[7]改为清喜阁，金碧辉煌，规模壮丽，游人望之如海市蜃楼。烟云吞吐，恐滕王阁、岳阳楼[8]俱无甚伟观也。春时，山景、睐罗[9]、书画、古董，盈砌盈阶，喧阗扰嚷，声息不辨。夜月登此，阒寂凄凉，如入鲛宫海藏。月光晶沁，水气滃之，人稀地僻，不可久留。

张京元《湖心亭小记》：

湖心亭雄丽空阔。时晚照在山，倒射水面，新月挂东，所不满者半规[10]，金盘玉饼，与夕阳彩翠重轮交网，不觉狂叫欲绝。恨亭中四字匾、隔句对联，填楣盈栋，安得借咸阳一炬[11]了此业障。

张岱《湖心亭小记》：

崇祯五年十二月，余住西湖。大雪三日，湖中人鸟声俱绝。是日更定矣，余拏一小舟，拥毳衣[12]炉火，独往湖心亭看雪。雾凇沆砀，天与云、与山、与水，上下一白。湖上影子，惟长堤一痕，湖心亭一点，与余舟一芥，舟中人两三粒而已。到亭上，有两人铺毡对坐，一童子烧酒，炉正沸。见余大惊喜，曰："湖中焉得更有此人！"拉余同饮。余强饮三大白而别。问其姓氏，是金陵人，客此。及下船，舟子喃喃曰："莫说相公痴，更有痴似相公者。"

胡来朝[13]《湖心亭柱铭》：

四季笙歌，尚有穷民悲夜月。
六桥花柳，浑无隙地种桑麻。

郑烨《湖心亭柱铭》：

亭立湖心，俨西子载扁舟，雅称雨奇晴好。
席开水面，恍东坡游赤壁，偏宜月白风清。[14]

张岱《清喜阁柱对》：

如月当空，偶似微云点河汉。

在人为目，且将秋水剪瞳神[15]。

【注释】

[1] 弘治：明孝宗的年号。

[2] 按察司：司法机构，主管刑名、诉讼事务。同时也是中央监察机关都察院在地方的分支机构，对地方官员行使监察权。佥事：官名。协理司事。阴子淑：字宗孟，成化进士，知荆门州。性情耿直，爱民如子。州人有《循良十咏》诗赞美他。

[3] 镇守中官：朝廷派驻外地监督地方官员的太监。

[4] 廉：考察，查访。

[5] 徐廷裸：字士敏，号少浦，江苏太仓人，明嘉靖进士，授浚县知县，擢升议曹，出为浙江布政司参议，致仕。晚年购长洲文定公吴宽东庄废址，另起名"选乐园"，举家迁往长洲定居。

[6] 二十八年：1600 年。

[7] 孙东瀛：太监孙隆。

[8] 滕王阁：在今江西南昌赣江边，是唐太宗李世民之弟、滕王李元婴都督洪州（今南昌）时营建，因以为名。王勃曾作《滕王阁序》。岳阳楼：在岳阳市西门城楼上，相传为三国吴鲁肃的阅兵台遗址。宋滕子京谪守巴陵郡，于庆历五年重修。范仲淹作《岳阳楼记》。

[9] 睺罗：即摩睺罗。宋元习俗，七夕供一泥塑孩童土偶，名摩睺罗。

［10］半规：半圆。

［11］咸阳一炬：指西楚霸王项羽攻占秦都咸阳后，将阿房宫付诸一炬。

［12］毳衣：皮衣。毳，鸟兽的细毛。

［13］胡来朝：明代直隶赞皇（今属河北）人。万历进士。

［14］"恍东坡游赤壁"二句：苏轼《后赤壁赋》："有客无酒，有酒无肴，月白风清，如此良夜何。"

［15］"且将"句：李贺《唐儿歌》："一双瞳人剪秋水。"

放生池

宋时有放生碑，在宝石山下。盖天禧四年，王钦若[1]请以西湖为放生池，禁民网捕，郡守王随[2]为之立碑也。今之放生池，在湖心亭之南。外有重堤，朱栏屈曲，桥跨如虹，草树蓊翳，尤更岑寂。古云三潭印月[3]，即其地也。春时游舫如鹜，至其地者，百不得一。其中佛舍甚精，复阁重楼，迷禽暗日，威仪肃洁，器钵无声。但恨鱼牢幽闭，涨腻[4]不流，剟鬐[5]缺鳞，头大尾瘠，鱼若能言，其苦万状。以理揆之，孰若纵壑开樊，听其游泳，则物性自遂，深恨俗僧难与解释耳。昔年余到云栖[6]，见鸡鹅豚豕，共牢饥饿，日夕挨挤，堕水死者不计其数。余向莲池师再四疏说，亦谓未能免俗，聊复尔尔[7]。后见兔鹿猡狖亦受禁锁，余曰："鸡鹜豚豕，皆藉食于人，若兔鹿猡狖，放之山林，皆能自食，何苦锁禁，待以胥糜[8]。"莲师大笑，悉为撤禁，听其所之，见者大快。

陶望龄《放生池》诗：

介卢晓牛鸣，冶长识雀哕。[9]
吾愿天耳通[10]，达此音声类。
群鱼泣妻妾，鸡鹜呼弟妹。
不独死可哀，生离亦可慨。
闽语既嘤咿，吴听[11]了难会。
宁闻闽人肉，忍作吴人脍。
可怜登陆鱼，金喁[12]向人谇。
人曰鱼口喑，鱼言人耳背。
何当破网罗，施之以无畏。

昔有二勇者，操刀相与酤。
曰子我肉也，奚更求食乎[13]。
互割还互啖，彼尽我亦屠。
食彼同自食，举世嗤其愚。
还语血食[14]人，有以异此无？

吴越王钱镠于西湖上税渔，名"使宅渔"。一日，罗隐入谒，壁有磻溪[15]垂钓图，王命题之。题云："吕望当年展庙谟[16]，直钩钓国又何如？假令身住西湖上，也是应供使宅鱼。"王即罢渔税。

放生池柱对：

天地一网罟，欲度众生谁解脱。

飞潜皆性命，但存此念即菩提。

【注释】

[1] 王钦若：字定国，宋临江新喻（今江西新余）人。真宗、仁宗朝曾任相，出判杭州，为人奸邪，与丁谓等人交结，时人目为"五鬼"。

[2] 王随：字子正，北宋河阳（今河南孟县）人。宋真宗时，以给事中知杭州。

[3] 三潭印月：苏轼在杭州时，开浚西湖，在西湖上立三石塔为标志，禁止在此范围内种芡植菱，以防淤积。旧传湖中有三深潭，故名。

[4] 涨腻：杜牧《阿房宫赋》："渭水涨腻，弃脂水也。"指水中脂垢厚重，混浊不堪。

[5] 刿：刺伤。

[6] 云栖：寺名。袁宏道《云栖小记》："云栖，在五云山（按在城南二十里）。"

[7] 未能免俗，聊复尔尔：晋代习俗，七月七日晒衣。阮咸家贫，用竹竿挂布衣、短裤，晒于庭中。对人说："未能免俗，聊复尔耳。"见《世说新语·任诞》。

[8] 胥靡：即"胥靡"，古代服劳役的刑徒。

[9] "介卢"二句：介卢，春秋时介国国君介葛卢，通兽语。冶长，春秋时齐国人，孔子弟子、女婿，通鸟语。

[10] 天耳通：佛教六通之一。《俱舍光记》："修天耳者，若于深禅定中发得色界四大清净造色，住耳根中，即能闻六道众生语言及世间种种音声，是如天耳通。"

[11] 吴听：此指吴语。

[12] 睑喁：鱼在水面张口呼吸的样子。

[13] "昔有"四句：《吕氏春秋·当务》："齐之好勇者，其一人东郭，一人居西郭，卒然相遇于途，曰："姑相饮乎！"觞数行，曰："姑求肉乎？"一人曰："子，肉也；我，肉也。尚胡革求肉而为？"于是具染而已，引抽刀而相啖，至死而止。勇若此，不若无勇。"

[14] 血食：生食肉。

[15] 磻溪：溪名，在今陕西宝鸡，相传是姜太公吕尚垂钓的地方。传说他用直钩，不置鱼饵。后受周文王礼聘，辅助文王灭商建周。

[16] 庙谟：有关国家大计的谋略。

醉白楼

杭州刺史白乐天啸傲湖山时，有野客赵羽者，湖楼最畅，乐天常过其家，痛饮竟日，绝不分官民体[1]。羽得与乐天通往来，索其题楼。乐天即颜[2]之曰"醉白"。在茅家埠，今改吴庄。一松苍翠，飞带如虬[3]，大有古色，真数百年物。当日白公，想定盘礴[4]其下。

倪元璐《醉白楼》诗：

金沙深处白公堤，太守行春信马蹄。
冶艳桃花供祗应[5]，迷离烟柳藉提携。

闲时风月为常主,到处鸥凫是小偯。

野老偶然同一醉,山楼何必更留题。

【注释】

[1]不分官民体:不拘官员与庶民的礼仪。

[2]颜:门楣,匾额。此作动词,题额。

[3]虬:龙之无角者。

[4]盘礴:徘徊,流连。

[5]祗应:供奉,当差。

小青佛舍

小青[1],广陵[2]人。十岁时遇老尼,口授《心经》[3],一过成诵。尼曰:"是儿早慧福薄,乞付我作弟子。"母不许。长好读书,解音律,善奕棋。误落武林富人,为其小妇。大妇奇妒,凌逼万状。一日携小青往天竺,大妇曰:"西方佛无量,乃世独礼大士,何耶?"小青曰:"以慈悲故耳。"大妇笑曰:"我亦慈悲若。"乃匿之孤山佛舍,令一尼与俱。小青无事,辄临池自照,好与影语,絮絮如问答,人见辄止。故其诗有"瘦影自临春水照,卿须怜我我怜卿"[4]之句。后病瘵,绝粒,日饮梨汁少许,奄奄待尽。乃呼画师写照[5],更换再三,都不谓似。后画师注视良久,匠意妖纤。乃曰:"是矣。"以梨酒供之榻前,连呼:"小青!小青!"一恸而绝,年仅十八。遗诗一帙[6]。大妇闻其死,立至佛舍,索其图并诗焚之,遽去。

/ 124 /

小青《拜慈云阁》诗：

稽首慈云大士前，莫生西土莫生天。
愿将一滴杨枝水[7]，洒作人间并蒂莲[8]。

又《拜苏小小墓》诗：

西冷芳草绮粼粼，内信传来唤踏青。
杯酒自浇苏小墓，可知妾是意中人。

【注释】

[1] 小青：相传为明末杭州人冯玄玄，字小青。能诗，解音律。十六与人为妾，大妇妒斥，迁居孤山，抑郁而死。明吴炳《疗妒羹》以此为题材。钱谦益《列朝诗集》谓本无其人，所传诗文，系好事者托名而作。

[2] 广陵：今江苏扬州。

[3]《心经》：即《般若波罗蜜多心经》。该经被认为是《般若经》的提要。

[4] "瘦影"二句：全诗为"新妆竟与画图争，知在昭阳第几名？瘦影自临春水照，卿须怜我我怜卿。"

[5] 写照：画像。

[6] 帙：包书的套子。书一函称一帙。

[7] 杨枝水：佛教谓能消灾、使万物复苏的甘露。

[8] 并蒂莲：莲花中的珍品，象征永结同心。

卷四

西湖南路

柳洲亭

　　柳洲亭，宋初为丰乐楼[1]。高宗移汴民居杭地嘉、湖诸郡，时岁丰稔，建此楼以与民同乐，故名。门以左，孙东瀛建问水亭。高柳长堤，楼船画舫会合亭前，雁次相缀。朝则解维，暮则收缆。车马喧阗，驺从[2]嘈杂，一派人声，扰嚷不已。堤之东尽为三义庙。过小桥折而北，则吾大父[3]之寄园、铨部戴斐君之别墅。折而南，则钱麟武阁学、商等轩冢宰、祁世培柱史、余武贞殿撰、陈襄范掌科[4]各家园亭，鳞集于此。过此，则孝廉黄元辰之池上轩、富春周中翰之芙蓉园，比间[5]皆是。今当兵燹之后，半椽不剩，瓦砾齐肩，蓬蒿满目。李文叔[6]作《洛阳名园记》，谓以名园之兴废，卜洛阳之盛衰；以洛阳之盛衰，卜天下之治乱。诚哉言也！余于甲午[7]年，偶涉于此，故宫离黍[8]，荆棘铜驼[9]，感慨悲伤，几效桑苎翁[10]之游苕溪，夜必恸哭而返。

　　张杰[11]《柳洲亭》诗：

　　谁为鸿濛[12]凿此陂，涌金门外即瑶池。

平沙水月三千顷，画舫笙歌十二时。

今古有诗难绝唱，乾坤无地可争奇。

溶溶漾漾年年绿，销尽黄金总不知。

王思任《问水亭》诗：

我来一清步，犹未拾寒烟。

灯外兼星外，沙边更槛边。

孤山供好月，高雁语空天。

辛苦西湖水，人还即熟眠。

赵汝愚[13]《丰乐楼柳梢青》词：

水月光中，烟霞影里，涌出楼台。空外笙箫，云间笑语，人在蓬莱。　　天香暗逐风回，正十里荷花盛开。买个小舟，山南游遍，山北归来。

【注释】

[1] 丰乐楼：在涌金门北，瑰丽峥嵘，掩映图画。元末被毁。

[2] 骈从：显贵出行，车前马后的侍从。

[3] 吾大父：即张岱祖父张汝霖。铨部：吏部以其司铨选官吏，故称。

[4] 钱麟武：钱象坤，字弘载，号麟武，浙江会稽（今绍兴）人。万历进士，有文才。商等轩：商周祚，字等轩，浙江会稽（今绍兴）人。给事中、兵部侍郎。万历进士。

祁世培：祁彪佳，字虎子，一字幼文，号世培，别号远山主人，山阴（今绍兴）人。天启进士。有《祁彪佳集》。柱史：柱下史，周秦官名。相当于汉以后的御史，以其所掌及侍立常在殿柱之下，故名。余武贞：余煌，字武贞，会稽人。天启中进士第一，授修撰。鲁王监国绍兴，拜兵部尚书，督师。绍兴破，赴水死。殿撰：状元。因明清状元即授翰林院修撰，故称。掌科：明代六科的掌印官，后称六科都给事中。

[5] 比间：里间一个接一个。古代二十五家为一间。

[6] 李文叔：李格非，字文叔，北宋济南人，著名女词人李清照之父。熙宁进士，以文章受知于苏轼。历任著作佐郎、礼部员外郎、提点京东刑狱。著有《洛阳名园记》。

[7] 甲午年：清顺治十一年（1654）。

[8] 故宫离黍：《诗经·王风·黍离》："彼黍离离"。西周亡后，周大夫过故宗庙宫室，尽为禾黍，彷徨不忍离去，乃作此诗。后用作感慨亡国之词。

[9] 荆棘铜驼：西晋索靖有先识远量，至洛阳，见朝政紊乱，知天下将乱，指宫门铜驼曰："会见汝在荆棘中耳。"后以此典故形容变乱后的残破景象。

[10] 桑苎翁：唐代陆羽，字鸿渐，隐居于苕溪，自称桑苎翁，闭门著书。苕溪：源出浙江天目山，因夹岸多苕花，飘散水上如飞雪，故名。

[11] 张杰：字子兴，号平州生，明正德年间人。

[12] 鸿濛：传说盘古开天辟地前，世界是一片混沌的元气，人称鸿濛，称那个时代为鸿濛时代。

[13] 赵汝愚：字子直，饶州余干人，赵宋宗室后裔。孝宗乾

道时状元。官至右丞相。后为韩侂胄所诮，被贬，死于途中。

灵芝寺

灵芝寺，钱武肃王之故苑也。地产灵芝，舍以为寺。至宋而规制寖[1]宏，高、孝两朝四临幸焉。内有浮碧轩、依光堂，为新进士题名之所。元末毁，明永乐初僧竺源再造，万历二十二年重修。余幼时至其中看牡丹，干高丈余，而花蕊烂熳，开至数千余朵，湖中夸为盛事。寺畔有显应观，高宗以祀崔府君也。崔名子玉，唐贞观间为磁州[2]滏阳令，有异政，民生祠之，既卒，为神。高宗为康王时，避金兵，走钜鹿，马毙，冒雨独行，路值三岐，莫知所往。忽有白马在道，鞚驭乘之，驰至崔祠，马忽不见。但见祠马赭汗如雨，遂避宿祠中。梦神以杖击地，促其行。趋出门，马复在户，乘至斜桥，会耿仲南[3]来迎，策马过涧，见水即化。视之，乃崔府君祠中泥马也。及即位，立祠报德，累朝崇奉异常。六月六日是其生辰，游人阗塞。

张岱《灵芝寺》诗：

项羽曾悲骓不逝[4]，活马犹然如泥塑。
焉有泥马去如飞，等闲直至黄河渡。
一堆龙骨蜕[5]厓前，迢递芒砀[6]迷云路。
茕茕一介走亡人，身陷柏人[7]脱然过。
建炎[8]尚是小朝廷，百灵亦复加呵护。

【注释】

[1] 澷：逐渐。

[2] 磁州：今河北邯郸磁县。

[3] 耿仲南：当作耿南仲，字晞道，开封人。宋钦宗朝官至尚书左丞、门下侍郎，力主割地求和。

[4]"项羽"句：项羽兵败，被围垓下，四面楚歌时，曾歌："力拔山兮气盖世，时不利兮骓不逝。骓不逝兮可奈何，虞兮虞兮奈若何！"见《史记·项羽本纪》。

[5] 蜕：此指死后留下的遗骨。

[6] 芒砀：二山名，在今安徽砀山县。传说刘邦曾隐于此，后斩白蛇起义。

[7] 柏人：古地名。在今河北省柏乡县。《史记·张耳陈馀列传》："汉八年，上从东垣还，过赵。贯高等乃壁人柏人，要之置厕。上过欲宿，心动，问曰：'县名为何？'曰：'柏人。柏人者，迫于人也。'不宿而去。"后用为皇帝行止戒备的典故。

[8] 建炎：宋高宗的年号。

钱王祠

钱镠，临安石鉴乡人，骁勇有谋略。壮而微，贩盐自活。唐僖宗[1]时，平浙寇王仙芝[2]，拒黄巢，灭董昌[3]，积功自显。梁开平[4]元年，封镠为吴越王。有讽镠拒梁命者，镠笑曰："吾岂失一孙仲谋耶！"遂受之。改其乡为临安县，军为锦衣军。是年，省茔垄[5]，延故老，旌钺鼓吹，振耀山谷。自昔游钓之所，尽蒙以锦绣，或树石至有封官爵者，旧贸盐担，亦裁锦韬之。一邻媪九十余，携壶泉迎于道左，镠下车疏拜。媪抚其背，以小字呼之曰："钱婆留，喜汝长成。"盖初生时，光怪满室，父惧，将沉于了溪，此媪苦留之，遂字焉。为牛酒大陈，以饮乡人；别张蜀锦为广幄，以饮乡妇。年上八十者饮金爵，百岁者饮玉爵。镠起劝酒，自唱还乡歌以娱宾，曰："玉节还乡兮挂锦衣，父老远近来相随。斗牛光起天无欺，吴越一王驷马归。"时将筑宫殿，望气者言："因故府大之，不过百年；填西湖之半，可得千年。"武肃笑曰："焉有千年而其中不出真主者乎？奈何困吾民为！"遂弗改造。宋熙宁间，苏子瞻守郡，请以龙山废祠妙音院者，改为表忠观以祀之[6]。今废。明嘉靖三十九年，督抚胡宗宪[7]建祠于灵芝寺址，塑三世五王[8]像，春秋致祭，令其十九世孙德洪者[9]守之。郡守陈柯[10]重镌表忠观碑记于祠。

苏轼《表忠观碑记》：

熙宁[11]十年十月戊子，资政殿大学士[12]、右谏议大夫、知杭州军事臣抃言："故越国王钱氏坟庙，及其父、祖、妃、夫人、子孙之坟，在钱塘者二十有六，在临安者十有一，皆芜秽不治，父老过之，有流涕者。谨按：故武肃王镠，始以乡兵破走黄巢，名闻江淮。复以八都兵讨刘汉宏[13]，并越州以奉董昌，而自居于杭。及昌以越叛，则诛昌而并越，尽有浙东西之地，传其子文穆王元瓘[14]。至其孙忠献王仁佐[15]，遂破李景兵而取福州。而仁佐之弟忠懿王俶又大出兵攻景[16]，以迎周世宗[17]之师，其后，卒以国入觐[18]。三世四王，与五代相为终始。天下大乱，豪杰蜂起，方是时，以数州之地盗名字者不可胜数，既覆其族，延及于无辜之民，罔有孑遗。而吴越地方千里，带甲十万，铸山煮海，象犀珠玉之富甲于天下，然终不失臣节，贡献相望于道。是以其民至于老死不识兵革，四时嬉游，歌舞之声相闻，至于今不废。其有德于斯民甚厚。皇帝受命[19]，四方僭乱，以次削平。西蜀江南，负其险远，兵至城下，力屈势穷，然后束手。而河东刘氏[20]百战守死，以抗王师，积骸为城，洒血为池，竭天下之力，仅乃克之。独吴越不待告命，封府库，籍郡县，请吏于朝，视去国如传舍[21]，其有功于朝廷甚大。昔窦融[22]以河西归汉，光武诏右扶风[23]修其父祖坟茔，祀以太牢。今钱氏功德殆过于融，而未及百年，坟庙不治，行道伤嗟，甚非所以劝奖忠臣、慰答民心之义也。臣愿以龙山废佛寺曰妙音院者为观，使钱氏之孙为道士曰自然者居之。凡坟庙之在钱塘者，以付自然。其在临安者，以付其县之净土寺僧曰道微。岁各度其徒一人，使世掌之。籍其地之所入，以时修其祠宇，封植其草木。有不治者，县令丞察之，甚者，易其人，庶几永终不堕，以称朝廷待钱氏之意。臣抃昧死以闻。"制曰：可。其妙音院赐改名表忠观。

铭曰：天目[24]之山，苕水出焉。龙飞凤舞，萃于临安。笃生异人，绝类离群。奋挺大呼，从者如云。仰天誓江，月星晦蒙。强弩射潮，江海为东。杀宏诛昌，奄在吴越。金券玉册，虎符龙节[25]。大城其居，包络山川。左江右湖，控引岛蛮。岁时归休，以燕父老。晔如神人，玉带球马[26]。四十一年[27]，寅畏小心。厥篚[28]相望，大贝南金[29]。五胡昏乱，罔堪托国。三王相承，以符有德。既获所归，弗谋弗咨[30]。先王之志，我维行之。天祚[31]忠孝，世有爵邑。允文允武[32]，子孙千亿。帝谓守臣，治其祠坟。毋俾樵牧，愧其后昆。龙山之阳，肖焉斯宫。匪私于钱，惟以劝忠。

非忠无君，非孝无亲。凡百有位，视此刻文。

张岱《钱王祠》诗：

拢定东南十四州，五王并不事兜鍪。
英雄球马朝天子，带砺山河^[33]拥冕旒。
大树千株被锦绂，钱塘万弩射潮头。
五胡纷扰中华地，歌舞西湖近百秋。

又《钱王祠柱铭》：

力能分土，提乡兵杀宏诛昌；一十四州，鸡犬桑麻，撑住东
南半壁。

志在顺天，求真主迎周归宋；九十八年，象犀筐筐，混同吴
越一家。

【注释】

[1]唐僖宗：李儇，874-888年在位。

[2]王仙芝：唐末农民起义领袖，濮州（今山东鄄城北）人，
贩私盐为生。聚众起义，得黄巢等响应，兵至数万，攻城略地。
朝廷多次诱降，因黄巢等反对，未果。后战死。

[3]董昌：浙江临安南庄人。唐末任义胜军节度使，割据两浙，
后自称大越罗平国皇帝。钱镠讨伐，败降，被迫去帝号。

[4]开平：后梁太祖朱温的年号。

[5]省茔垄：归扫祖坟。

［6］"宋熙宁"四句：苏轼于熙宁四年至七年通判杭州，后于元祐四年至六年任杭州太守。熙宁十年（1077），杭州郡守赵抃为钱镠建立"表忠观"，苏轼赞钱王有保卫两浙之功，并于钱王祠侧立《钱氏表忠观碑》，文共八幅。

［7］胡宗宪：字汝贞，号梅林。明安徽绩溪人。嘉靖进士，曾任浙江巡按、兵部右侍郎、兵部尚书等职。后以党附严嵩削职，入狱死。

［8］三世五王：指五代吴越国的五个君主，共三代人。即武肃王钱镠、镠子文穆王钱元瓘、元瓘第六子忠献王钱佐、第七子忠逊王钱倧、第九子忠懿王钱俶。

［9］十九世孙德洪者：钱德洪，名宽，号绪山，浙江余姚人。明朝中后期哲学家、思想家、教育家。拜王阳明为师，在王阳明奉旨出征广西时主持中天阁讲席，人称为"王学教授师"。嘉靖进士。据本文言，其当为吴越王后裔。

［10］陈柯：字君则，福建闽县人，嘉靖进士。嘉靖三十九年在杭州知府任上重刻《表忠观碑》，此碑共四石八面，后有陈柯的重刻题跋及钱氏后代重修表忠观的题记。

［11］熙宁：宋神宗的年号。

［12］资政殿大学士：宋时由罢职宰相或辅臣充任，虚衔官职，仅备顾问侍从。

［13］刘汉宏：山东兖州人。唐末义胜军节度使，割据军阀。与钱镠交战，兵败被擒，镠亲斩其首。

［14］元瓘：钱元瓘，钱镠第七子，嗣吴越王位，在位十年，谥文穆。

［15］忠献王仁佐：钱弘佐，为避宋太祖之父赵弘殷之讳，史

书上改为"仁佐"。钱元瓘之子，袭封吴越国王。谥忠献。

[16]景：即南唐中主李璟，因以臣事后周，避周讳而改为"景"。

[17]周世宗：后周皇帝柴荣，在位六年，多有政绩。富民强兵，先后打败后蜀、南唐、契丹。庙号世宗。

[18]以国入觐：指吴越先后臣服后周和宋并朝贡。

[19]皇帝受命：指太祖赵匡胤荡平天下，建立宋朝。

[20]河东刘氏：指五代十国的北汉政权。刘崇据河东十余州在太原称帝，国号汉，史称北汉。

[21]传舍：古代供行人住宿或贵族供门客食宿的场所。

[22]窦融：字周公，东汉扶风平陵（今陕西咸阳西北）人。王莽时曾平绿林、赤眉，拜波水将军。后归刘玄。刘玄败，被推为行河西五郡大将军。光武帝即位，归汉。从破隗嚣，封安丰侯。为云台二十八将之一。

[23]右扶风：汉郡名，与京兆、左冯翊为三辅。此应为官名。

[24]天目：山名，在浙江临安市境内。有东西两峰，峰顶各有一池，故名天目。

[25]金券：朝廷颁发给功臣的授予其免死特权的证书。虎符：调动军队的凭证。龙节：使者代表朝廷的节杖。钱镠曾先后获得以上物品。

[26]玉带球马：《新五代史·吴越世家》："太祖尝问吴越进奏吏曰：钱镠平生有所好乎？"吏曰："好玉带、名马。"太祖笑曰："真英雄也。"乃以玉带一匣、打球御马十匹赐之。

[27]四十一年：钱俶947年嗣位，988年六十大寿，宋太宗遣使祝贺，当夜暴毙。

［28］厥篚：指贡品。《尚书·禹贡》："厥贡漆丝，厥篚织文。"后以贡篚指进贡。

［29］大贝南金：《诗经·鲁颂·泮水》："元龟象齿，大赂南金。"大贝，贝类。南金，南方出产的铜，后借指贵重之物。二者常用作贡品。

［30］弗谋弗咨：《尚书·大禹谟》："无稽之言勿听，弗询之谋勿庸。"

［31］祚：福佑。

［32］允文允武：既能文，又能武。语出《诗经·鲁颂·泮水》。

［33］带砺山河：砺，磨刀石。黄河似带，泰山若砺。比喻时间久远决心不变。

净慈寺

净慈寺，周显德[1]元年钱王俶建，号慧日永明院，迎衢州道潜[2]禅师居之。潜尝欲向王求金铸十八阿罗汉，未白也。王忽夜梦十八巨人随行。翌日，道潜以请，王异而许之，始作罗汉堂。宋建隆[3]初，禅师延寿[4]以佛祖大意，经纶正宗，撰《宗镜录》[5]一百卷，遂作宗镜堂。熙宁中，郡守陈襄[6]延僧宗本[7]居之。岁旱，湖水尽涸。寺西隅甘泉出，有金色鳗鱼游焉，因凿井，寺僧千余人饮之不竭，名曰圆照井。南渡时，毁而复建，僧道容鸠工五岁始成。塑五百阿罗汉，以田字殿贮之。[8]绍兴九年，改赐净慈报恩光化寺额。复毁。孝宗[9]时，一僧募缘修殿，日餍酒肉而返，寺僧问其所募钱几何，曰："尽饱腹中矣。"募化三年，簿上布施金钱，一一开载明白。一日，大喊街头曰："吾造殿矣。"

复置酒肴，大醉市中，摄喉大呕，撒地皆成黄金，众缘自是毕集，而寺遂落成。僧名济颠。识者曰："是即永明后身也。"嘉泰[10]间，复毁，再建于嘉定三年。寺故闳大，甲于湖山。翰林程珌[11]必记之，有"湿红映地，飞翠侵霄，檐转鸾翎，阶排雁齿。星垂珠网，宝殿洞乎琉璃；日耀璇题[12]，金椽耸乎玳瑁"之语。时宰官建议，以京辅佛寺推次甲乙，尊表五山，为诸刹纲领，而净慈与焉。先是，寺僧艰汲，担水湖滨。绍定[13]四年，僧法薰以锡杖扣殿前地，出泉二派，凿为双井，水得无缺。淳祐十年，建千佛阁，理宗书"华严法界正偏知阁"八字赐之。元季，湖寺尽毁，而兹寺独存。明洪武间毁，僧法净重建。正统间复毁，僧宗妙复建。万历二十年，司礼监孙隆重修，铸铁鼎，葺钟楼，构井亭，架掉楔。永乐间，建文帝[14]隐遁于此，寺中有其遗像，状貌魁伟，迥异常人。

袁宏道《莲花洞小记》：

莲花洞之前为居然亭。亭轩豁可望，每一登览，则湖光献碧，须眉形影[15]，如落镜中。六桥杨柳一络，牵风引浪，萧疏可爱。晴雨烟月，风景互异，净慈之绝胜处也。洞石玲珑若生，巧逾雕镂。余常谓吴山南屏一派皆石骨土肤，中空四达，愈搜愈出。近若宋氏园亭，皆搜得者。又紫阳宫石，为孙内使搜出者甚多。噫，安得五丁神将，挽钱塘江水，将尘泥洗尽，出其奇奥，当何如哉！

王思任《净慈寺》诗：

净寺何年出，西湖长翠微。

佛雄香较细，云饱绿交肥。

岩竹支僧阁，泉花蹴客衣。

酒家莲叶上，鸥鹭往来飞。

【注释】

[1]显德：周世宗柴荣的年号。钱王俶，初名弘俶，字文德，钱镠之孙，吴越国王。免除赋税，募民垦田。太平兴国三年，纳土归宋，被封为淮海国王、邓王。

[2]道潜：五代法眼宗僧。受五代忠懿王钱氏之命，入府中授王菩萨戒，赐号"慈化定慧禅师"，王又建慧日永明寺，请其住持，加赐"应真"，僧众众多。此道潜非苏轼的诗友参寥子。

[3]建隆：宋太祖赵匡胤的年号。

[4]延寿：俗姓王，字冲元，唐末五代僧。建隆二年（961）应吴越王钱俶之请，驻锡永明寺，倡禅净双修，指心为宗，被奉为中国净土宗六祖。他所开创的禅净双修，使净土宗普及于民间。其所著《万善同归集》《宗镜录》《四料简》等，为后世净土宗之典籍。

[5]《宗镜录》：五代永明寺僧延寿所集，一百卷。延寿召集法相宗、华严宗、天台宗三家之人，分居博览，互相质疑，由他统一各家之说，以禅理为准加以评定，编成此书。

[6]陈襄：北宋理学家，"海滨四先生"之首，仁宗、神宗时期名臣。字述古，侯官（今福建福州）人，与郑穆、陈烈、周希孟并称"古灵四先生"，著有《古灵集》。曾为杭州知府。

[7]僧宗本：常州无锡人，受神宗之诏，为相国寺慧林禅刹第一祖，诏赐"圆照禅师"。著有《元直指集》《慧辨录（别录）》。

[8]"南渡时"五句：宋高宗诏命道容来杭州净慈寺，主持重建殿宇，先塑十六应真像，再依《涅槃经》塑五百罗汉，据说塑像都出自一僧之手，而仪貌各异，神气如生，像塑成而僧化去；所建田字殿，为江南佛寺之首创，众罗汉像都面向信众，采光较好，便于参拜礼佛，是佛教中的特殊建筑。

[9]孝宗：南宋皇帝赵昚。

[10]嘉泰：宋宁宗的年号。

[11]程珌：字怀古，南宋休宁（今属安徽）人。先世居洛水，因自号洛水遗民。绍熙进士，累官礼部尚书、端明殿学士。

[12]璇题：以美玉为饰的题额。

[13]绍定：宋理宗的年号。

[14]建文帝：朱允炆，明太祖长孙，后立为皇太孙，即位后改元建文，行宽政，后为燕王朱棣所败，下落不明，一说自焚身死，一说出亡为僧。

[15]形影：水中倒映的身影。

小蓬莱

小蓬莱在雷峰塔右，宋内侍甘升[1]园也。奇峰如云，古木蓊蔚，理宗常临幸。有御爱松，盖数百年物也。自古称为小蓬莱。石上有宋刻"青云岩""鳌峰"等字。今为黄贞父[2]先生读书之地，改名"寓林"，题其石为"奔云"。余谓"奔云"得其情，未得其理。石如滇茶一朵，风雨落之，半入泥土，花瓣棱棱，三四层摺。人走其中，如蝶入花心，无须不缀。色黝黑如英石[3]，而苔藓之古，如商彝[4]周鼎入土千年，青绿彻骨也。贞父先生为文章宗匠，门人数百人。一时知名士，无不出其门下者。余幼时从大父[5]访先生。先生面黧黑，多髭须，毛颊，河目海口，眉棱鼻梁，张口多笑。交际酬酢，八面应之。耳聆客言，目睹来牍，手书回札，口嘱僮奴，杂沓于前，未尝少错。客至，无贵贱，便肉、便饭食之，夜即与同榻。余一书记往，颇秽恶，先生寝食之无异也。天启丙寅[6]，余至寓林，亭榭倾圮，堂中竁先生遗蜕，不胜人琴之感[7]。今当丁酉[8]，再至其地，墙围俱倒，竟成瓦砾之场。余欲筑室于此，以为东坡先生专祠，往鬻其地，而主人不肯。但林木俱无，苔藓尽剥。"奔云"一石，亦残缺失次，十去其五。数年之后，必鞠为茂草[9]，荡为冷烟矣。菊水桃源[10]，付之一想。

张岱《小蓬莱奔云石》诗：

滇茶初着花，忽为风雨落。

簇簇起波棱，层层界轮廓。

如蝶缀花心，步步堪咀嚼。

薜萝杂松楸，阴翳罩轻幕。

色同黑漆古，苔斑解竹箨。

土绣鼎彝文，翡翠兼丹膔。

雕琢真鬼工，仍然归浑朴。

须得十年许，解衣忩盘礴。

况遇主人贤，胸中有丘壑。

此石是寒山，吾语尔能诺。

[1]甘升：即甘昇，南宋内侍省押班。宋孝宗亲信的太监。

[2]黄贞父：黄汝亨，字贞父，号寓庸，仁和（今杭州）人。万历进士，历任进贤知县、南京工部主事、礼部郎中、江西布政司参议。后结庐南屏山，有《寓林集》。

[3]英石：广东英德县溪中所产之石。有微青、浅绿、纯白数色，以"皱、瘦、漏、透"俱备者最佳。

[4]彝：古代酒具，又作古代宗庙祭器总称。

[5]大父：张岱祖父张汝霖，号雨若，官至广西参议。

[6]天启丙寅：天启六年（1626）。

[7]人琴之感：悼念亡友之意。《世说新语·伤逝》："王子猷（徽之）、子敬（献之）俱病笃，而子敬先亡。子猷……便径入坐灵床上，取子敬琴弹，弦既不调，掷地云：'子敬子敬，人琴俱亡。'"

[8]丁酉：顺治十四年（1657）。

[9]鞫为茂草：语出《诗经·小雅·小弁》。鞫，通"鞠"，穷尽。

[10]菊水：水名，在今河南内乡县，据传饮之能延年益寿。《陈书·徐陵传》："政恐南阳菊水，竟不延龄；东海桑田，无由可望。" 桃源：世外桃源。见陶渊明《桃花源记》。

雷峰塔

雷峰者，南屏山之支麓也。穹窿回映，旧名中峰，亦名回峰。宋有雷就者居之，故名雷峰。吴越王于此建塔，始以十三级为准，拟高千尺。后财力不敷，止建七级。古称王妃塔。元末失火，仅存塔心。雷峰夕照，遂为西湖十景之一。曾见李长蘅[1]题画有云：

"吾友闻子将[2]尝言：'湖上两浮屠，保俶如美人，雷峰如老衲。'予极赏之。辛亥[3]在小筑，与沈方回池上看荷花，辄作一诗，中有句云：'雷峰倚天如醉翁'。严印持[4]见之，跃然曰：'子将老衲不如子醉翁，尤得其情态也。'盖余在湖上山楼，朝夕与雷峰相对，而暮山紫气，此翁颓然其间，尤为醉心[5]。然予诗落句云：'此翁情淡如烟水。'则未尝不以子将老衲之言为宗耳。癸丑[6]十月醉后题。"

林逋《雷峰》诗：

中峰一径分，盘折上幽云。
夕照前林见，秋涛隔岸闻。
长松标古翠，疏竹动微薰。
自爱苏门啸[7]，怀贤事不群。

张岱《雷峰塔》诗：

闻子状雷峰，老僧挂偏裰[8]。
日日看西湖，一生看不足。

时有薰风至，西湖是酒床。
醉翁潦倒立，一口吸西江。

惨淡一雷峰，如何擅夕照。
遍体是烟霞，掀髯复长啸。

/ 142 /

怪石集南屏，寓林为其窟。

岂是米襄阳，端严具袍笏[9]。

【注释】

[1]李长蘅：李流芳，字长蘅，号沧庵、慎娱居士，嘉定（今属上海）人。万历举人。工诗，擅书画篆刻，与程嘉燧等并称"嘉定四先生"。著有《檀园集》。

[2]闻子将：闻启祥，字子将。明代杭州人。入复社。博览群书，著有《自娱斋稿》。

[3]辛亥：指万历三十九年（1611）。

[4]严印持：严调御，字印持，明代杭州人。钱谦益为印持《琴述》作序，称"其人博雅好古，能琴善书"。为其《废翁诗稿》作序，称其"以高才为诸生祭酒，穷困以死"。

[5]"此翁"句：语出欧阳修《醉翁亭记》。

[6]癸丑：万历四十一年（1613）。

[7]苏门啸：苏门，山名。阮籍于苏门山遇孙登，与其商略终古及栖神导气之术，孙登皆不应。籍因此长啸而退。至判山，闻若鸾凤之音，回响于岩谷，乃登之啸也。见《晋书·阮籍传》。后常以"苏门啸"指啸咏，比喻高士情趣。

[8]挂偏裻：即披袈裟。

[9]"岂是"二句：米襄阳，即北宋画家米芾，曾袍笏拜奇石，呼为石丈。

包衙庄

西湖之船有楼，实包副使涵所创为之。大小三号：头号置歌筵，储歌童；次载书画；再次侍美人。涵老以声伎非侍妾比，仿石季伦、宋子京[1]家法，都令见客。常靓妆走马，婴姗勃窣[2]，穿柳过之，以为笑乐。明槛绮疏，曼讴其下，撅篴[3]弹筝，声如莺试。客至，则歌童演剧，队舞鼓吹，无不绝伦。乘兴一出，住必浃旬[4]，观者相逐，问其所止。南园在雷峰塔下，北园在飞来峰下。两地皆石薮，积牒磊砢，无非奇峭。但亦借作溪涧桥梁，不于山上叠山，大有文理。大厅以拱斗抬梁，偷其中间四柱，队舞狮子甚畅。北园作八卦房，园亭如规，分作八格，形如扇面。当其狭处，横亘一床，帐前后开合，下里帐则床向外，下外帐则床向内。涵老居其中，扁上开明窗，焚香倚枕，则八床面面皆出。穷奢极欲，老于西湖者二十年。金谷、郿坞，着一毫寒俭不得，索性繁华到底，亦杭州人所谓"左右是左右[5]"也。西湖大家何所不有，西子有时亦贮金屋。咄咄书空，则穷措大耳。

陈函辉[6]《南屏包庄》诗：

独创楼船水上行，一天夜气识金银。
歌喉裂石惊鱼鸟，灯火分光入藻蘋。
潇洒西园[7]出声妓，豪华金谷集文人。
自来寂寞皆唐突，虽是逋仙亦恨贫。

【注释】

[1]石季伦：石崇，字季伦，历任散骑常侍、荆州刺史等职。于河阳置金谷园，以豪侈斗富为尚，后为孙秀所谮，被杀。宋子京：宋祁，字子京，北宋安州安陆（今属湖北）人。天圣进士，

历知数州。其家多内宠，曾因奢侈过度，为台谏交劾。

［2］婆娑：缓行貌。勃窣：摇曳貌。司马相如《子虚赋》："婆娑勃窣上金堤。"

［3］撚：以指按捺乐器。篪：古代管乐器。

［4］浃旬：十天。

［5］左右是左右：干脆这样，索性这样。

［6］陈函辉：原名炜，字木叔，号小寒山子，浙江临安人。崇祯进士。明亡反清，事败，自缢而亡。擅诗文，与徐霞客交往，并为其作墓志铭。

［7］西园：三国魏邺都的西园，为魏文帝曹丕集文学侍臣赏月游宴之处。后代指游宴地。

南高峰

南高峰在南北诸山之界，羊肠佶屈，松篁葱蒨，非芒鞋布袜，努策支筇[1]，不可陟也。塔居峰顶，晋天福间建[2]，崇宁、乾道两度重修[3]。元季毁。旧七级，今存三级。塔中四望，则东瞰平芜，烟销日出，尽湖中之景。南俯大江，波涛洶洑，舟楫隐见杳霭间。西接岩窦，怪石翔舞，洞穴邃密。其侧有瑞应像，巧若鬼工。北瞩陵阜，陂陀曼延[4]，箭栝丛出[5]，麳麦连云。山椒[6]巨石屹如峨冠者，名先照坛，相传道者镇魔处。峰顶有钵盂潭、颍川泉，大旱不涸，大雨不盈。潭侧有白龙洞。

道隐《南高峰》诗：

南北高峰两郁葱，朝朝潋滟海烟封[7]。

极颠螺髻飞云栈，半岭峨冠怪石供。

三级浮屠巢老鹘，一泓清水蓁痴龙。

倘思济胜烦携具，布袜芒鞋策短筇。

【注释】

[1] 努策支筇：用力扶着竹杖。筇，竹名。

[2] 天福：后晋高祖的年号。

[3] 崇宁：宋徽宗的年号。乾道：宋孝宗的年号。

[4] 陂陀：不平坦。

[5] 箭枥：泛指竹木。枥，同"栎"，木名。

[6] 山椒：山顶。

[7] 滃浡：云蒸雾涌貌。

烟霞石屋[1]

由太子湾[2]南折而上为石屋岭。过岭为大仁禅寺[3]，寺左为烟霞石屋。屋高厂虚明，行迤二丈六尺，状如轩榭，可布几筵。洞上周镌罗汉五百十六身。其底邃窄通幽，阴翳杳霭。侧有蝙蝠洞，蝙蝠大者如鸦，挂搭连牵，互衔其尾。粪作奇臭，古庙高梁，多受其累。会稽禹庙[4]亦然。由山椒右旋为新庵，王子安璧、陈章侯洪绶[5]尝读书其中。余往访之，见石如飞来峰，初经洗出，洁不去肤，隽不伤骨，一洗杨髡凿佛之惨。峭壁奇峰，忽露生面，为之大快。建炎间，里人避兵其内，数千人皆获免。岭下有水乐洞，嘉泰间为杨郡王[6]别圃。垒石筑亭，结构精雅。年久芜秽不治，水乐绝响。贾秋壑以厚直得之，命寺僧深求水乐所以兴废者，不得其说。一日，秋壑往游，俯睨旁听，悠然有会，曰："谷虚而后能应，水激而后能响，今水潴其中，土壅其外，欲其发响，得乎？"亟命疏壅导潴，有声从洞洞出，节奏自然。二百年胜概，一日始复。乃筑亭，以所得东坡真迹，刻置其上。

苏轼《水乐洞小记》：

钱塘东南有水乐洞，泉流岩中，皆自然宫商。又自灵隐、下天竺而上，至上天竺，溪行两山间，巨石磊磊如牛羊，其声空砉然[7]，真若钟鼓，乃知庄生所谓天籁[8]，盖无在不有也。

袁宏道《烟霞洞小记》：

烟霞洞，亦古亦幽，凉沁入骨，乳汁涔涔下。石屋虚明开朗，如一片云，欹侧而立，又如轩榭，可布几筵。余凡两过石屋，为佣奴所据，嘈杂若市，俱不得意而归。

张京元《石屋小记》：

石屋寺，寺卑下无可观。岩下石龛，方广十笏[9]，遂以屋称。屋内，好事者置一石榻，可坐。四旁刻石像如傀儡，殊不雅驯。想以幽僻得名耳。出石屋西，上下山坡夹道皆丛桂，秋时着花，香闻数十里，堪称金粟世界[10]。

又《烟霞寺小记》：

烟霞寺在山上，亦荒落，系中贵孙隆易创，颇新整。殿后开宕取土，石骨尽出，巉峭可观。由殿右稍上两三盘，经象鼻峰东折数十武，为烟霞洞。洞外小亭踞之，望钱塘如带。

李流芳《题烟霞春洞画》：

从烟霞寺山门下眺，林壑窈窕，非复人境。李花时尤奇，真琼林瑶岛也。犹记与闲孟、无际[11]，自法相寺至烟霞洞，小憩亭子，渴甚，无从得酒。见两伧父携榼至，闲孟口流涎，遽从乞饮，伧父不顾。予辈大怪。偶见梁间恶诗书一板上，乃抉而掷之。伧父踉跄而走。念此辄喷饭不已也。

【注释】

[1]烟霞石屋：烟霞与石屋，并非同一洞。烟霞洞，在南高峰下的烟霞岭上。后晋开运年间就已发现。洞顶有倒悬的石钟乳，洞壁有五代以来塑造的佛像、罗汉像。石屋洞，在石屋岭南麓，因洞形像屋而得名。

[2]太子湾：地名，在西湖南，为南宋庄文、景献二太子停放棺木之处，故名。

[3]大仁禅寺：即大仁寺，吴越王建，宣和三年重修，俗称石屋寺。

[4]会稽禹庙：在浙江绍兴市东南，禹陵右侧，庙祀夏禹。

[5]王子安璧：王璧，字子安，别号遁纳，明绍兴人，"云门十子"之一，陈洪绶的挚友，曾会同陈洪绶、张岱等刊印《水浒叶子》，明亡为僧。著有《谪杂外纪》《匪石堂诗》《妙远堂诗》等。
陈章侯洪绶：即陈洪绶，明末清初的画家。

［6］杨郡王：杨次山，宋宁宗杨皇后之兄，官至少保，累封至会稽郡王。

［7］空舂然：因中空而产生共鸣。舂：一种舂稻谷的农具，后有一种用原木挖制而成的打击乐器照此仿制。

［8］庄生所谓天籁：《庄子·齐物论》赞美天籁，即自然界的事物自然而然地发出的声音。

［9］十笏：形容面积小的建筑物。

［10］金粟世界：金桂世界。金粟，桂花别称。

［11］闲孟：郑胤骥，字闲孟，嘉定人。与李流芳是亲家。无际：汪明际，字无际，嘉定人。历工部员外郎。善画山水，笔致秀逸。与李流芳等交游。

高丽寺

高丽寺本名慧因寺，后唐天成二年，吴越钱武肃王建也。宋元丰[1]八年，高丽国王子僧统义天入贡，因请净源法师学贤首教[2]。元祐二年，以金书汉译《华严经》三百部入寺，施金建华严大阁藏塔以尊崇之。元祐四年，统义天以祭奠净源为名，兼进金塔二座。杭州刺史苏轼疏言："外夷不可使屡入中国，以疏边防，金塔宜却弗受。"神宗从之。元延祐[3]四年，高丽沈王奉诏进香幡经于此。至正末毁。洪武初重葺。俗称高丽寺。础石精工，藏轮[4]宏丽，两山[5]所无。万历间，僧如通重修。余少时从先宜人[6]至寺烧香，出钱三百，命舆人推转轮藏，轮转呀呀，如鼓吹初作。后旋转熟滑，藏轮如飞，推者莫及。

　[1]元丰：宋神宗的年号。

　[2]贤首教：即华严宗。其实际创始人法藏，被武则天赐号"贤首"，故亦称贤首宗。

　[3]延祐：元仁宗的年号。

　[4]藏轮：即轮藏之轮。能旋转的放置佛经的柱状物，八面，能旋转。人有发菩提心者，推转此轮，即与持诵诸经无异。

　[5]两山：指杭州的南高峰、北高峰。

　[6]宜人：妇女因做官的丈夫或子孙而得的一种封号，明清时，五品官之妻、母封宜人。此则指作者之母陶氏。

法相寺

　法相寺俗称长耳相。后唐时，有僧法真，有异相，耳长九寸，上过于顶，下可结颐，号长耳和尚。天成二年，自天台国清寒岩[1]来游，钱武肃王待以宾礼，居法相院。至宋乾祐[2]四年正月六日，无疾，坐方丈，集徒众，沐浴，趺跏[3]而逝。弟子辈漆其真身，供佛龛，谓是定光佛[4]后身。妇女祈求子嗣者，悬幡设供无虚日。以此法相名著一时。寺后有锡杖泉[5]，水盆活石。僧厨香洁，斋供精良。寺前茭白笋，其嫩如玉，其香如兰，入口甘芳，天下无比。然须在新秋八月，余时不能也。

　袁宏道《法相寺拜长耳和尚肉身[6]戏题》：

　轮相[7]居然足，漆光与鉴新[8]。

神魂知也未[9]，爪齿幻耶真。

古董休疑容，庄严不待人。

饶他金与石，到此亦成尘。

徐渭《法相寺看活石》：

莲花不在水，分叶簇青山。

径折虽能入，峰迷不待还。

取蒲量石长，问竹到溪湾。

莫怪掩斜日，明朝恐未闲。

张京元《法相寺小记》：

法相寺不甚丽，而香火骈集。定光禅师长耳遗蜕，妇人谒之，以为宜男[10]，争摩顶腹，漆光可鉴。寺右数十武，度小桥，折而上，为锡杖泉。涓涓细流，虽大旱不竭。经流处，僧置一砂缸，挹注[11]供爨。久之，水土锈结，蒲生其上，厚几数寸，竟不见缸质，因名蒲缸。倘可铲置研池炉足，古董家不秦汉不道矣[12]。

李流芳《题法相山亭画》：

去年在法相，有送友人诗云："十年法相松间寺，此日淹留却共君。忽忽送君无长物，半间亭子一溪云。"时与方回[13]、孟旸避暑竹阁，连夜风雨，泉声轰轰不绝。又有题扇头小景一诗："夜半溪阁响，不知风雨歇。起视杳霭间，悠然见微月。"一时会心，

/ 151 /

不知作何语。今日展此，亦自可思也。壬子十月大佛寺倚醉楼灯下题。

【注释】

［1］天台国清：国清寺在浙江天台山麓，是佛教天台宗的发祥地。寒岩：天台翠屏山，又名寒岩。唐高僧寒山所居。

［2］宋乾祐四年：宋无乾祐年号，应为五代十国北汉刘旻方乾祐四年（954）。其余如后汉高祖、隐帝虽有乾祐年号，都不到四年。

［3］趺跏：佛教徒盘足而坐的方法，双足交叠而坐，一般分降魔坐与吉祥坐两种。

［4］定光佛：即燃灯佛。大乘经中所说久远劫前出世的古佛，生时周身有光如灯。

［5］锡杖泉：高僧以锡杖卓石，石即涌泉，称锡杖泉。

［6］肉身：高僧或大善知识示寂后，身不腐烂，保持原形，栩栩如生，即所谓全身舍利。清陆次云《湖蠕杂记法相寺》："武林仙佛之肉身有二：一丁野鹤，一长耳和尚也。"

［7］轮相：佛三十二相之一，谓佛足掌纹如千辐轮。

［8］与鉴新：如镜子映照般新亮。

［9］知也未：是知是不知，表疑问。

［10］宜男：多子。

［11］抱注：把水舀出再注入。

［12］不秦汉不道矣：都会认为是秦汉古董文物。

［13］方回：邹方回，李流芳小筑社的诗友。李流芳有《邹方回清晖阁草序》。

于　坟

　　于坟。于少保公以再造功，受冤身死，被刑之日，阴霾翳天，行路踊叹。夫人流山海关[1]，梦公曰："吾形殊而魂不乱，独目无光明，借汝眼光见形于皇帝。"翌日，夫人丧其明。会奉天门[2]灾，英庙临视[3]，公形见火光中。上悯然念其忠，乃诏贷夫人归。又梦公还眼光，目复明也。公遗骸，都督陈逵密嘱瘗藏。继子冕[4]请葬钱塘祖茔，得旨奉葬于此。成化二年，廷议始白。上遣行人[5]马璇[6]谕祭。其词略曰："当国家之多难，保社稷以无虞；惟公道以自持，为权奸之所害。先帝已知其枉，而朕心实怜其忠。"弘治七年赐谥曰"肃愍"，建祠曰"旌功"。万历十八年，改谥"忠肃"。四十二年，御使杨鹤[7]为公增廓祠宇，庙貌巍焕，属云间陈继儒作碑记之。碑曰："大抵忠臣为国，不惜死，亦不惜名。不惜死，然后有豪杰之敢；不惜名，然后有圣贤之闷。黄河之排山倒海，是其敢也；即能伏流地中万三千里，又能千里一曲，是其闷也。昔者土木之变，裕陵北狩[8]，公痛哭抗疏，止南迁之议，召勤王之师。卤[9]拥帝至大同，至宣府[10]，至京城下，皆登城谢曰：'赖天地宗社之灵，国有君矣。'此一见《左传》[11]：楚人伏兵车，执宋公以伐宋。公子目夷令宋人应之曰：赖社稷之灵，国已有君矣。楚人知虽执宋公，犹不得宋国，于是释宋公。又一见《廉颇传》[12]：秦王逼赵王会渑池。廉颇送至境曰：'王行，度道里会遇礼毕还，不过三十日，不还，则请立太子为王，以绝秦望。'又再见《王旦传》[13]：契丹犯边，帝幸澶州。旦曰：'十日之内，未有捷报，当何如？'帝默然良久，曰：'立皇太子。'三者，公读书得力处也。由前言之，公为宋之目夷；由后言之，公不为廉颇、旦，何也？呜呼！茂陵[14]之立而复废，废而后当立，谁不知之？公之识，岂出王直、李侃、朱英[15]下？又岂出钟同、章纶[16]下？盖公相时度势，有不当言者，有不必言者。当裕陵在卤，茂陵在储，拒父则卫辄[17]，迎父则高宗[18]，战不可，和不可，无一而可。为制卤地，此不当言也。裕陵既返，见济[19]薨，郕王[20]病，天人攸归，非裕陵而谁？又非茂陵而谁？明率百官，朝请复辟，直以遵晦待时耳，此不必言也。若徐有贞、曹、石夺门之举[21]，乃变局，非正局；乃劫局，非迟局；乃纵横家局，非社稷大臣局也。或曰：盍去诸？呜呼！公何可去也。公在则裕陵安，而茂陵亦安。若公诤之，而公去之，则南宫之锢，不将烛影斧声[22]乎？东宫之废后[23]，不将宋之德昭[24]乎？公虽欲调成郕王之兄弟，而实密护吾君之父子，乃知回銮，公功；其他日得以复辟，公功也；复储亦公功也。人能见所见，而不能见所不见。能见者，豪杰之敢；不能见者，圣贤之闷。敢于任死，而闷于暴君，公真古大臣之用心也哉！"公祠既盛，而四方之祈梦至者接踵，而答如响。

王思任《吊于忠肃祠》诗：

涕割西湖水，于坟望岳坟。

孤烟埋碧血，太白黯妖氛。

社稷留还我，头颅掷与君。

南城得意骨，何处暮杨闻。

一派笙歌地，千秋寒食朝。

白云心浩浩，黄叶泪萧萧。

天柱擎鸿社，人生付鹿蕉[25]。

北邙[26]今古讳，几突丽山椒。

张溥[27]《吊于忠肃》诗：

栝柏风严辞月明[28]，至今两袖识书生。

青山魂魄分夷夏，白日须眉[29]见太平。

一死钱塘潮尚怒，孤坟岳渚水同清。

莫言软美人如土，夜夜天河望帝京。

张岱《于少保祠》诗：

平生有力济危川，百二山河[30]去复旋。

宗泽[31]死心援北狩，李纲[32]痛哭止南迁。

渑池[33]立子还无日，社稷呼君别有天。

复辟南宫[34]岂是夺，借公一死取貂蝉。

社稷存亡股掌中，反因罪案见精忠。

以君孤注忧王旦[35]，分我杯羹归太公[36]。

但使庐陵存外邸[37]，自知冕服返桐宫[38]。

属镂[39]赐死非君意，曾道于谦实有功[40]。

杨鹤[41]《于坟华表柱铭》：

赤手挽银河，君自大名垂宇宙。
青山埋白骨，我来何处哭英雄。

又《正祠柱铭》：

千古痛钱塘，并楚国孤臣，白马江边，怒卷千堆夜雪。
两朝冤少保[42]，同岳家父子，夕阳亭里，伤心两地风波。

董其昌《于少保祠柱铭》：

赖社稷之灵，国已有君，自分一腔抛热血。
竭股肱之力，继之以死，独留青白在人间。

张岱《于少保柱铭》：

宋室无谋，岁输卤数万币，和议既成，安得两宫[43]归朔漠。
汉家斗智，幸分我一杯羹，挟求非计，不劳三寸返新丰[44]。

张岱《定香桥小记》：

甲戌[45]十月，携楚生住不系园[46]看红叶。至定香桥，客不
期而至者八人：南京曾波臣，东阳赵纯卿，金坛彭天锡，诸暨陈章侯，
杭州杨与民、陆九、罗三，女伶陈素芝[47]。余留饮。章侯携缣素[48]

为纯卿画古佛，波臣为纯卿写照，杨与民弹三弦子，罗三唱曲，陆九吹箫。与民复出寸许紫檀界尺，据小梧[49]，用北调说《金瓶梅》一剧，使人绝倒。是夜，彭天锡与罗三、与民串本腔戏[50]，妙绝；与楚生、素芝串调腔戏[51]，又复妙绝。章侯唱村落小歌，余取琴和之，牙牙如语。纯卿笑曰："恨弟无一长，以侑[52]兄辈酒。"余曰："唐裴将军旻[53]居丧，请吴道子画天宫壁度亡母。道子曰：'将军为我舞剑一回，庶因猛厉以通幽冥。'旻脱缞衣[54]，缠结，上马驰骤，挥剑入云，高十数丈，若电光下射，执鞘承之，剑透室而入[55]，观者惊栗。道子奋袂如风，画壁立就。章侯为纯卿画佛，而纯卿舞剑，正今日事也。"纯卿跳身起，取其竹节鞭，重三十斤，作胡旋舞[56]数缠，大嚆而罢。

【注释】

[1]夫人流山海关：于夫人目盲复明的传说。

[2]奉天门：皇城城门。

[3]英庙临视：英宗亲临现场视察。

[4]冕：于冕，字景瞻，明朝大臣于谦之子。于谦死后，于冕被发配山西省龙门，于谦妻张氏发配山海关。明宪宗成化二年（1466年）于冕得以回乡，上疏为父平反，明宪宗亲自审理，朝廷退还田产，袭封千户。后改为兵部员外郎，居官有能，累迁至应天府府尹。

[5]行人：掌传旨、册封的官职。

[6]马暾：字季明，浙江平湖人。天顺甲申进士，任行人。

[7]"御使杨鹤"：杨鹤，字修龄，号无山，湖广武陵（今湖南常德）人。万历进士，授洛南知县。崇祯二年，官兵部右侍郎，

总督陕西三边军务，镇压农民起义。后因主抚被劾，谪戍袁州（今江西宜春），死于戍所。

[8] 裕陵北狩：英宗被俘的回护婉词。

[9] 卤：同"虏"。指瓦剌军。

[10] 宣府：在今河北宣化。

[11] 此一见《左传》：误，当为《公羊传·僖公二十一年》。宋襄公不听公子目夷（襄公庶子子鱼）的劝告，与楚王期会，为楚伏兵车所执。楚"执宋公以伐宋。宋公谓公子目夷曰：'子归守国矣。国，子之国也。吾不从子之言，以至乎此。'公子目夷复曰：'君虽不言国，国固臣之国也。'于是归，设守械而守国。楚人谓宋人曰：'子不与我国，吾将杀子君矣。'宋人应之曰：'吾赖社稷之神灵，吾国已有君矣。'楚人知虽杀宋公，犹不得宋国，于是释宋公。"

[12]《廉颇传》：指《史记·廉颇蔺相如列传》。

[13]《王旦传》：指《宋史·王旦传》。王旦，字子明，大名莘县（今属山东）人。真宗时任知枢密院，参知政事。

[14] 茂陵：指明宪宗朱见深，英宗长子。英宗被俘，皇太后命立为皇太子。景泰三年（1452），废为沂王。天顺元年（1457），复立为皇太子，改名见深。天顺八年，英宗崩，宪宗即位。

[15] 王直：字行俭，永乐进士。历仕仁宗、宣宗、英宗朝，拜吏部尚书，秉权十四年，为时名臣。李侃：字希正，东安人，正统进士，授户科给事中。朱英：字时杰，号诚斋，湖广桂阳（今属湖南）人。正统进士，授御史。此数人为当时不赞成废皇太子的大臣。

[16] 钟同：字世京，江西永丰人。景泰进士，授贵州道监察

御史。章纶：字大经，浙江乐清人。正统进士，授南京礼部主事。此二人为主张复立英宗长子为皇太子的大臣。

[17] 卫辄：即卫出公，卫灵公之孙，蒯聩之子。蒯聩与灵公夫人南子有恶，欲杀之。灵公怒，蒯聩奔宋，已而之晋。灵公卒，卫人立辄为君，在位十二年。孔悝立蒯聩为君，辄出奔，在外四年。蒯聩既立，背晋，晋人围之，蒯聩被杀，出公乃自剂归，立九年而卒。

[18] 高宗：宋高宗赵构，父徽宗、兄钦宗，皆为金人所掳。

[19] 见济：朱见济，明景泰帝朱祁钰之子。景泰三年，立为太子，四年十一月，病卒。

[20] 郕王：景泰帝朱祁钰，明宣宗次子。英宗即位，封郕王。英宗被俘，乃即帝位。英宗复位，废为郕王，病笃而卒。

[21] "若徐有贞"句：正统十四年（1409），英宗被俘，于谦等拥立其弟朱祁钰为帝。景泰元年，英宗回京，被称为太上皇，幽禁于南宫。八年，景泰帝病重，副都御史徐有贞等乘机发动政变，勒兵入长安门，迎出英宗。次日晨英宗复辟，废景泰帝，杀谦等人。史称"夺门之变"或"南宫复辟"（即文中的"南宫之锢"）。

[22] 烛影斧声：宋释文莹《续湘山野录》："开端门召开封王，即太宗也，延入大寝，酌酒对饮。宦官宫妾悉屏之。但遥见烛影下，太宗时或避席，有不可胜之状。饮迄，禁漏三鼓，殿雪已数寸。帝引柱斧散雪，顾太宗曰：'好做，好做。'遂解带就寝，鼻息如雷霆。是夕，太宗留宿禁内。将五鼓，周庐者寂无所闻，帝已崩矣。"后人因以烛影斧声指宋太宗杀兄夺位。

[23] 东宫之废：指朱见深原被立为太子，后被废为沂王。

[24] 宋之德昭：指宋太祖次子赵德昭，太平兴国四年（979）

从太宗攻辽，军中夜惊，失太宗所在。有谋立德昭者，太宗闻之不悦。及归，因北征失利，久不行平定北汉之赏。德昭进言，被太宗怒斥，遂自杀。

[25] 鹿蕉：覆鹿寻蕉。比喻得失无常。《列子·周穆王》：郑人有薪于野者，遇骇鹿，御而击之，毙之。恐人见之也，遽而藏诸隍中，覆之以蕉，不胜其喜。俄而遗其所藏之处，遂以为梦焉。顺途而咏其事，傍人有闻者，用其言而取之。既归，告其室人曰："向薪者梦得鹿而不知其处，吾今得之。彼直真梦者矣。"

[26] 北邙：山名。在今河南洛阳市北。东汉后，成了王侯公卿的墓地。

[27] 张溥：明代文学家。字天如，号西铭，直隶太仓（今属江苏）人。崇祯进士。参加复社，评议时政。文学方面，主张复古。有《七录斋集》等。

[28] 栝：圆柏，即桧树。辞月明：指于公"被刑之日，阴霾翳天"。

[29] 须眉：野子。此泛指百姓。

[30] 百二山河：以二敌百，比喻山河险固。典出《史记·高祖本纪》。

[31] 宗泽：字汝霖，宋婺州义乌（今属浙江）人，元祐进士。任河北义兵都总管、副元帅。任用岳飞，多次上书高宗回汴京抗金北伐，受主和派打击，悲愤成疾，临终大呼三声"过河"而卒。北狩：徽、钦二宗遭金兵掳至东北的讳词。

[32] 李纲：字伯纪，宋邵武（今属福建）人。政和进士。官太常少卿。靖康元年（1126）金围开封，力阻钦宗迁都。高宗即位，任为尚书右仆射兼中书侍郎。力主用两河义军收复失地。在

职七十余天，遭主和派排挤而被罢免。

[33]"渑池"二句：渑池立子，指公元前279年，秦昭襄王欲与赵惠文王在渑池会盟言和。赵王惧不欲往。廉颇、蔺相如力主赴会。廉颇送别时说：大王行期不过三十天，过期不还，请立太子为王，以绝秦国要挟赵王之想。最终由于蔺相如机巧应变，赵王最终得以平安返国。文中指于谦在国难当头时君主废立大计中的作用。

[34]复辟南宫：即夺门之变。太上皇明英宗起兵复辟，夺回其原本的天子位。

[35]"以君孤注"句：以宋真宗朝的忠臣王旦比于谦。景德元年（1084），契丹南侵，真宗御驾亲征（即"一掷"），王旦随行。留守京城的雍王病重，王旦受命回京接任留守重任。他食宿在朝，确保京城安全。

[36]"分我杯羹"句：楚汉相争，项羽俘获刘邦之父太公，在阵前威胁刘邦，若不降，即将其父烹为肉羹。因二人曾结拜，刘邦答曰："吾翁即若翁，必欲烹而（你）翁，则幸分我一杯羹。"项羽怒而欲杀之，项伯劝说杀之无益，将太公放了。说明于谦不畏惧也先以人质要挟，迫使其将英宗放回。

[37]庐陵：唐中宗李显，唐高宗李治第七子。前后两次当政。高宗死后继位，武则天称制，中宗被废为庐陵王，贬出长安。公元705年复位。710年被韦皇后毒死。

[38]桐宫：商代桐地的官室（故址在今河北临漳县），相传商王太甲暴虐，伊尹放逐太甲于桐宫，三年后，太甲悔过，伊尹将其迎回。指英宗不应以武力夺门，应该等待时机重登王位。

[39]属镂：剑名，吴王夫差以此剑赐伍子胥自刎。

［40］"曾道"句：《明史·于谦传》载，徐有贞、石亨等诬陷并请诛于谦，"英宗尚犹豫曰：'于谦实有功。'有贞进曰：'不杀于谦，此举（指南宫之变）为无名。'帝意遂决。"

［41］杨鹤：字修龄，武陵人。万历进士，累官至兵部右侍郎。

［42］少保：于谦在景泰帝朝临危受命，任兵部尚书，加少保。少保，辅佐太子的官，正二品。

［43］两宫：指被金人掳走的徽钦二宗。

［44］挟求非计：挟持人质要挟，并非上策。指项羽阵前挟刘太公，欲逼降刘邦。"不劳三寸"句：不多费口舌，太公即被放归。新丰，刘邦定都长安后，为慰藉太公的思乡之情，在附近的骊邑（今西安临潼区）仿故乡沛郡丰邑的格局而筑，并将故乡亲友迁居于此，称新丰。

［45］甲戌：崇祯七年（1634）。

［46］楚生：朱楚生，戏曲女演员。"色不甚美，虽绝世佳人，无其风韵。楚楚谡谡，其孤意在眉，其深情在睫，其解意在烟视媚行。性命于戏，下全力为之。尤妙于科白，后以情死。"（《陶庵梦忆·朱楚生》）不系园：汪汝谦所建画舫，在杭州定香桥附近。

［47］曾波臣：曾鲸，字波臣，明末著名肖像画家。擅长丹青，汲取某些西洋画法，写照传神，"如镜取影，妙得神情"，后人传为波臣派。东阳：浙江省中部的县名。赵纯卿：未详。曾鲸为其所作肖像画今存。彭天锡：与著名说书艺人柳敬亭同时，多扮丑净，串戏妙天下。杨与民：杭州人，善弹三弦说书。陈素芝：女伶。

［48］缣素：供作书画用的白绢。

［49］梧：支架。

［50］串戏：搬演故事戏目。因角色须连贯成队，故称串。

［51］调腔戏：戏曲剧种，又称"掉腔""绍兴高调"。唱腔为联缀体，采取帮腔和滚调。

［52］侑：助，佐。

［53］唐裴将军旻：裴旻，唐玄宗时人。善舞剑，与李白的诗、张旭的草书并称三绝。尝与幽州都督孙佺北伐，为奚族部队所围。旻舞刀立马上，飞矢四集，皆迎刃而断。本文所引故事，出自唐李亢《独异志》。

［54］缞衣：古代用粗麻制成的孝服。缞，披于胸前的麻布条，服三年之丧者用之。

［55］透室而入：剑刺透了皮质的刀剑套。

［56］胡旋舞：唐代朝野流行的西北少数民族的舞蹈，出自康国（唐代属安西大都护府管辖），以各种旋转动作为主，故名。唐代诗人曾赋诗吟咏。本文所述手持多节鞭的胡舞，融入了武术。

风篁岭

风篁岭，多苍筤篆荡[1]，风韵凄清。至此，林壑深沉，迥出尘表。流淙活活，自龙井而下，四时不绝。岭故丛薄[2]荒密。元丰中，僧辨才淬治洁楚[3]，名曰"风篁岭"。苏子瞻访辨才于龙井，送至岭上，左右惊曰："远公过虎溪[4]矣。"辨才笑曰："杜子[5]有云：与子成二老，来往亦风流。"遂造亭岭上，名曰"过溪"，亦曰"二老"。子瞻记之，诗云[6]："日月转双毂，古今同一丘。惟此鹤骨老，凛然不知秋。去住两无碍[7]，人土争挽留。去如龙出水，雷雨卷潭秋。来如珠还浦[8]，鱼鳖争骈头。此生暂寄寓，常恐名实浮。我比陶令愧，师为远公优。送我过虎溪，溪水当逆流。聊使此山人，永记二老游。"

李流芳《风篁岭》诗：

林壑深沉处，全凭篆荡迷。
片云藏屋里，二老到云栖。
学士留龙井，远公过虎溪。
烹来石岩白，翠色映玻璃。

【注释】

[1]苍莨：青色。也指幼竹。篆：小竹。簜：大竹。

[2]丛薄：草木丛生处。

[3]淬治洁楚：指修炼精粹洁净。

[4]远公过虎溪：相传东晋高僧慧远居庐山东林寺，送客不过虎溪。一日与陶潜、道士陆静修共话，不觉逾此，虎辄骤鸣，三人大笑而别。此处以远公比辩才，以陶潜比东坡。

[5]杜子：杜甫。诗句出自《寄赞上人》。

[6]诗云：此指苏轼《次辩才韵赋过溪亭诗》。

[7]"去住"二句：指辩才住持天竺，学徒云集，为忌者所夺。士人挽留，辩才不争，退居龙井，学徒随之。

[8]珠还浦：用"合浦还珠"的典故。传说汉代广西合浦不产谷物，但海里出珠宝，先时郡守多贪，极力搜刮，致使珍珠移往别处。后孟尝为合浦太守，尽革其弊，珍珠复还。

龙　井

　　南山上下有两龙井。上为老龙井，一泓寒碧，清冽异常，弃之丛薄间，无有过而问之者。其地产茶，遂为两山绝品。再上为天门，可通三竺。南为九溪[1]，路通徐村，水出江干。其西为十八涧[2]，路通月轮山[3]，水出六和塔下。下龙井本名延恩衍庆寺。唐乾祐二年，居民募缘改造为报国看经院。宋熙宁中，改寿圣院，东坡书额。绍兴三十一年，改广福院。淳祐六年，改龙井寺。元丰二年，辨才师自天竺归老于此，不复出，与苏子瞻、赵阅道友善。后人建三贤阁祀之，岁久寺圮。万历二十三年，司礼孙公[4]重修，构亭轩，筑桥，锹浴龙池，创霖雨阁，焕然一新，游人骈集。

【注释】

　　[1]九溪：在龙井南，起源于杨梅岭的杨家坞，次第汇合青湾、宏法、方家、百丈、唐家、佛石、云栖、渚头、小康九个山坞的溪流，再入钱塘江。

　　[2]十八涧：在烟霞洞西南，源于龙井山龙井村，次第汇合诗人屿、孙文泷、鸡冠泷等细流而成涧。

　　[3]月轮山：在杭州城南钱塘江边。形圆如月。

　　[4]司礼孙公：即孙东瀛。

一片云

　　神运石在龙井寺中，高六尺许，奇怪突兀，特立檐下。有木香[1]一架，穿绕窍窦，蟠若龙蛇。正统十三年，中贵李德[2]驻龙井。天旱，令力士淘之。初得铁牌二十四、玉佛一座、金银一锭，凿大宋元丰年号。后得此石，以八十人舁起之。上有"神运"二字，旁多款识，漶漫[3]不可读，不知何代所镌，大约皆投龙以祈雨者也。风篁岭上有一片云石，高可丈许，青润玲珑，巧若镂刻。松磴盘屈，草莽间有石洞，堆砌工致巉岩。石后有片云亭，司礼孙公所构，设石棋枰于前，上镌"兴来临水敲残月，谈罢吟风倚片云"之句。游人倚徙，不忍遽去。

秦观《龙井题名记》：

元丰二年，中秋后一日，余自吴兴来杭，东还会稽。龙井有辨才大师，以书邀余入山。比出郭，日已夕，航湖至普宁[4]，遇道人参寥，问龙井所遣篮舆，则曰："以不时至，去矣。"是夕，天宇开霁，林间月明，可数毫发。遂弃舟，从参寥策杖并湖而行。出雷峰，度南屏，濯足于惠因涧[5]，入灵石坞，得支径上风篁岭，憩于龙井亭，酌泉据石而饮之。自普宁凡经佛寺十五，皆寂不闻人声。道旁庐舍，灯火隐显，草木深郁，流水激激悲鸣，殆非人间之境。行二鼓，始至寿圣院，谒辨才于朝音堂，明日乃还。

张京元《龙井小记》：

过风篁岭，是为龙井，即苏端明、米海岳[6]与辨才往来处也。寺北向，门内外修竹琅琅。并在殿左，泉出石镡，瓷小园池，下复为方池承之。池中各有巨鱼，而水无腥气。池淙淙下泻，绕寺门而出。小坐，与憩亭玩一片云石。山僧汲水供茗，泉味色俱清。僧容亦枯寂，视诸山迥异。

王稚登《龙井诗》：

深谷盘回入，灵泉觱沸[7]流。

隔林先作雨，到寺不胜秋。

古殿龙王在，空林鹿女游。

一尊斜日下，独为古人留。

袁宏道《龙井》诗：

都说今龙井，幽奇逾昔时。

路迂迷旧处，树古失名儿。

渴仰鸡苏佛[8]，乱参玉版师[9]。

破筒分谷水，芝草出秦碑。

数盘行井上，百计引泉飞。

画壁屯云族，红栏蚀水衣[10]。

路香茶叶长，畦小药苗肥。

宏也学苏子，辨才君是非。

张岱《龙井柱铭》：

夜壑泉归，渥洼能致千岩雨。

晓堂龙出，崖石皆为一片云。

【注释】

　　［1］木香：本名蜜香，又名青木香。多年生草本植物，根可入药。

　　［2］李德：景泰、正统年间曾任内官监和浙江镇守。景泰元年（1450）任浙江镇守中官。

　　［3］漶漫：模糊，不可辨认。

　　［4］普宁：普宁寺，在南屏山下，后周时建，原名白莲寺。宋真宗时改今名。

　　［5］惠因涧：在杭州市南，水出自赤山，经惠因寺前，入西湖。

　　［6］苏端明：苏轼曾任端明殿学士。该官衔无职掌，入侍从，备顾问。

　　［7］醹沸：泉水涌出貌。

　　［8］鸡苏佛：茶的喻称。鸡苏原为一种植物，其叶淡香，即薄荷。宋陶谷《荈茗录》："生凉好唤鸡苏佛，回味宜称橄榄仙。"

　　［9］玉版师：苏轼以笋为"玉版"，其《器之好谈禅》有"不怕石头路，来参玉版师"，后成为笋的代称。

　　［10］水衣：谓苍苔。

九溪十八涧

　　九溪在烟霞岭西，龙井山南。其水屈曲洄环，九折而出，故称九溪。其地径路崎岖，草木蔚秀，人烟旷绝，幽阒静悄，别有天地，自非人间[1]。溪下为十八涧，地故深邃，即缁流非遗世绝俗者，不能久居。按志，涧内有李岩寺、宋阳和王梅园、梅花径等迹，今都湮没无存。而地复辽远，僻处江干，老于西湖者，各名胜地寻讨无遗，问及九溪十八涧，皆茫然不能置对。

李流芳《十八涧》诗：

己酉[2]始至十八涧，与孟旸、无际同到徐村第一桥，饭于桥上。溪流淙然，山势回合，坐久不能去。予有诗云："溪九涧十八，到处流活活。我来三月中，春山雨初歇。奔雷与飞霰，耳目两奇绝。悠然向溪坐，况对山嵯峨[3]。我欲参云栖，此中解脱法。善哉汪子言，闲心随水灭。"无际亦有和余诗，忘之矣。

【注释】

[1]"别有"二句：李白《山中问答》："桃花流水杳然去，别有天地非人间。"

[2]己酉：万历三十七年（1609）。

[3]嵯峨：山势高峻。

卷五

西湖外景

西　溪

粟山高六十二丈，周回十八里二百步。山下有石人岭，峭拔凝立，形如人状，双髻耸然。过岭为西溪，居民数百家，聚为村市。相传宋南渡时，高宗初至武林，以其地丰厚，欲都之。后得凤凰山，乃云："西溪且留下。"后人遂以名。地甚幽僻，多古梅，梅格[1]短小，屈曲槎桠，大似黄山松。好事者至其地，买得极小者，列之盆池，以作小景。其地有秋雪庵，一片芦花，明月映之，白如积雪，大是奇景。余谓西湖真江南锦绣之地，入其中者，目厌绮丽，耳厌笙歌，欲寻深溪盘谷，可以避世如桃源、菊水者，当以西溪为最。余友江道闇[2]有精舍在西溪，招余同隐。余以鹿鹿风[3]尘，未能赴之，至今犹有遗恨。

王稚登《西溪寄彭钦之书》：

留武林十日许，未尝一至湖上，然遂穷西溪之胜。舟车程并十八里，皆行山云竹霭中，衣袂尽绿。桂树大者，两人围之不尽。树下花覆地如黄金，山中人缚帚扫花售市上，每担仅当脱粟[4]之半耳。往岁行山阴道上，大叹其佳，此行似胜。

李流芳《题西溪画》：

壬子正月晦日，同仲锡[5]、子与自云栖翻白沙岭至西溪。夹路修篁，行两山间，凡十里，至永兴寺。永兴山下夷旷，平畴远村，幽泉老树，点缀各各成致。自永兴至岳庙又十里，梅花绵亘村落，弥望如雪，[6]一似余家西碛山中。是日，饭永兴，登楼啸咏。夜还湖上小筑，同孟旸、印持、子将痛饮。翼日出册子画此。癸丑十月乌镇舟中题。

杨蟠《西溪》诗：

为爱西溪好，长忧溪水穷。
山源春更落，散入野田中。

王思任《西溪》诗：

一岭透天目，千溪叫雨头。
石云开绣壁，山骨洗寒流。
鸟道苔衣滑，人家竹语幽。
此行不作路，半武百年游。

张岱《秋雪庵》诗：

古宕西溪天下闻，辋川诗[7]是记游文。
庵前老荻飞秋雪，林外奇峰耸夏云。

怪石棱层[8]皆露骨，古梅结屈止留筋。

溪山步步堪盘礴，植杖听泉到夕曛。

【注释】

［1］梅格：指梅树的品种、格局。

［2］江道闇：江浩，字道闇，钱塘人。明亡为僧，更名为智宏，字梦破，与祁彪佳、黄宗羲有交往。精舍：佛道修炼居住之所。

［3］鹿鹿：同"碌碌"，平庸状。

［4］脱粟：糙米、粗粮。

［5］仲锡：邹方回、邹之峰的弟弟。邹氏兄弟为杭州小筑社的主人，李流芳的挚友。李流芳多有画赠仲锡。

［6］"梅花"二句：古代西溪以梅花、芦花、桃花称胜。梅花为香雪，芦花为飞雪，桃花为绛雪，并称"西溪三雪"。尤以十里香雪最为著名。

［7］辋川诗：唐代王维在终南山有辋川别业，赋《辋川集》二十首绝句。

［8］棱层：瘦瘠貌。

虎跑泉

虎跑寺本名定慧寺，唐元和[1]十四年性空师所建。宪宗赐号曰广福院。大中[2]八年改大慈寺，僖宗乾符[3]三年加"定慧"二字。宋末毁。元大德[4]七年重建。又毁。明正德十四年，宝掌禅师重建。嘉靖十九年又毁。二十四年，山西僧永果再造。今人皆以泉名其寺云。先是，性空师为蒲坂[5]卢氏子，得法于百丈海^[6]，来游此山，乐其灵气郁盘，栖禅其中。苦于无水，意欲他徙。梦神人语曰："师毋患水，南岳有童子泉，当遣二虎驱来。"翼日，果见二虎跑地出泉，清香甘冽。大师遂留。明洪武十一年，学士宋濂朝京，道山下。主僧邀濂观泉，寺僧披衣同举梵咒，泉瀑沸而出，空中雪舞。濂心异之，为作铭以记。城中好事者取以烹茶，日去千担。寺中有调水符，取以为验。

苏轼《虎跑泉》诗：

亭亭石塔东峰上，此老^[7]初来百神仰。
虎移泉眼趋行脚^[8]，龙作浪花供抚掌^[9]。
至今游人灌濯罢，卧听空阶环玦响。
故知此老如此泉，莫作人间去来想。

袁宏道《虎跑泉》诗：

竹林松涧净无尘，僧老当知寺亦贫。
饥鸟共分香积米，枯枝常足道人薪。
碑头字识开山^[10]偈，炉里灰寒护法神。
汲取清泉三四盏，芽茶烹得与尝新。

【注释】

[1] 元和：唐宪宗的年号。

[2] 大中：唐宣宗的年号。

[3] 乾符：唐僖宗的年号。

［4］大德：元成宗的年号。

［5］蒲坂：古县名，今山西永济县。

［6］百丈海：唐代高僧怀海，福州长乐人，住洪洲百刘山，因称百丈禅师，著有《百丈清规》。宋初《百丈清规》被定为天下禅林必须奉行的条例，一直沿用至今。其中"一日不作，一日不食"的风尚，最为著名。

［7］此老：指唐高僧性空法师。

［8］趋行脚：指性空苦于无水而"意欲他徙"之机。

［9］"龙作"句：僧昙超说法于玉泉寺，龙王前来听法，为之抚掌出泉。

［10］开山：始建佛寺。

凤凰山

唐宋以来，州治皆在凤凰山麓。南渡驻跸[1]，遂为行宫。东坡云"龙飞凤舞入钱塘"，兹盖其右翅也。自吴越以逮南宋，俱于此建都，佳气扶舆[2]，萃于一脉。元时惑于杨髡之说，即故宫建立五寺，筑镇南塔以厌之，而兹山到今落寞。今之州治，即宋之开元故宫，乃凤凰之左翅也。明朝因之，而官司藩臬[3]皆列左方，为东南雄会。岂非王气移易，发泄有时也。故山川坛、八卦田、御教场、万松书院、天真书院，皆在凤凰山之左右焉。

苏轼《题万松岭惠明院壁》：

余去此十七年[4]，复与彭城张圣途、丹阳陈辅之[5]同来。

院僧梵英，葺治堂宇，比旧加严洁。茗饮芳烈，问："此新茶耶？"英曰："茶性，新旧交则香味复。"余尝见知琴者，言琴不百年，则桐之生意[6]不尽，缓急清浊，常与雨旸寒暑相应。此理与茶相近，故并记之。

徐渭《八仙台》诗：

南山佳处有仙台，台畔风光绝素埃。
嬴女[7]只教迎凤入，桃花莫去引人来。
能令大药[8]飞鸡犬，欲傍中央剪草莱。
旧伴自应寻不见，湖中无此最深隈[9]。

袁宏道《天真书院》诗：

百尺颓墙在，三千[10]旧事闻。
野花粘壁粉，山鸟煽炉温。
江亦学之字，田犹画卦文。[11]
儿孙空满眼，谁与荐荒芹[12]。

【注释】

[1]南渡驻跸：指高宗渡江建都杭州，以避金兵之难。皇帝御驾停留称驻跸。

[2]扶舆：犹"扶摇"，形容盘旋而上。

[3]藩臬：藩司和臬司。布政使与按察使的并称。

[4]余此去十七年：苏轼首次通判杭州是在熙宁四年（1071），

熙宁七年（1074）离任，后于元祐四年（1089）以龙图阁学士出知杭州，其间相隔十七年。

[5] 彭城：今江苏徐州。张圣途：张天骥，字圣途，号云龙山人，彭城人。建放鹤亭。丹阳：今属江苏。陈辅之：陈辅，字辅之，金陵（今江苏南京）人，寄寓丹阳南郭，自号南郭子，以诗名世。因与丹阳郡守作诗争衡，遭终身废弃。

[6] 桐之生意：桐木制的琴的生命力。

[7] 嬴女：传说中的秦穆公之女弄玉（秦，嬴氏，故称），善吹箫。萧史教其作凤鸣声，穆公以弄玉妻之，凤凰来止其屋，公为作凤台。夫妇止其上，数年不下。一日，弄玉乘凤，萧史乘龙，升天而去。见《列仙传·萧史》。

[8] 大药：丹家所谓的外丹。

[9] 隈：山水弯曲处。

[10] 三千：指孔子弟子三千。

[11] “江亦”二句：浙江钱塘江因呈“之”形，亦称之江。田犹画卦文：即文中凤凰山八卦田。是南宋朝开辟的“籍田”。田分八丘，各种不同颜色的作物。中有一圆墩，为半阴半阳太极图，呈八卦状。故名。

[12] 荐荒芹：比喻微薄的祭品。

宋大内

《宋元拾遗记》：高宗好耽山水，于大内中更造别院，曰小西湖。自逊位后，退居是地，奇花异卉，金碧辉煌，妇寺宫娥充斥其内，享年八十有一。按钱武肃王年亦八十一，而高宗与之同寿，

/ 176 /

或曰高宗即武肃后身也。《南渡史》又云：徽宗在汴时，梦钱王索还其地，是日即生高宗，后果南渡，钱王所辖之地，尽属版图。畴昔之梦，盖不爽矣。元兴，杨琏真伽坏大内以建五寺，曰报国，曰兴元，曰般若，曰仙林，曰尊胜，皆元时所建。按志，报国寺即垂拱殿，兴元即芙蓉殿，般若即和宁门，仙林即延和殿，尊胜即福宁殿。雕梁画栋，尚有存者。白塔计高二百丈，内藏佛经数十万卷，佛像数千，整饰华靡。取宋南渡诸宗骨殖，杂以牛马之骼，压于塔下，名以镇南。未几，为雷所击，张士诚[1]寻毁之。

谢皋羽[2]《吊宋内》诗：

复道垂杨草乱交，武林无树是前朝。
野猿[3]引子移来宿，搅尽花间翡翠巢。

隔江风雨动诸陵，无主园林草自春。
闻说光尧[4]皆堕泪，女官犹是旧宫人。

紫宫楼阁逼流霞，今日凄凉佛子家。
寒照下山花雾散，万年枝上挂袈裟。

禾黍[5]何人为守阍，落花台殿暗销魂。
朝元阁下归来燕，不见当时鹦鹉言[6]。

黄晋卿[7]《吊宋内》诗：

沧海桑田事渺茫，行逢遗老叹荒凉。

为言故国游麋鹿[8]，漫指空山号凤凰[9]。

春尽绿莎迷辇道，雨多苍翠上宫墙。

遥知汴水东流畔，更有平芜与夕阳。

赵孟頫《宋内》诗：

东南都会帝王州，三月莺花非旧游。

故国金人愁别汉[10]，当年玉马去朝周[11]。

湖山靡靡今犹在，江水茫茫只自流。

千古兴亡尽如此，春风麦秀[12]使人愁。

刘基《宋大内》诗：

泽国繁华地，前朝此建都。

青山弥百粤[13]，白水入三吴。

艮岳[14]销王气，坤灵肇帝图[15]。

两宫千里恨，九子一身孤[16]。

设险凭天堑，偷安负海隅。

云霞行殿起，荆棘寝园芜。[17]

币帛敦和议，弓刀抑武夫。[18]

但闻当伫奏，不见立廷呼。[19]

鬼蜮昭华衮，忠良赐属镂。

何劳问社稷，且自作欢娱。

杭稻来吴会，龟鼍出巨区[20]。

至尊巍北阙，多士乐西湖。

鹢首驰文舫，龙鳞舞绣襦。

暖波摇襞积，凉月浸氍毹。[21]

紫桂秋风老，红莲晓露濡。

巨螯擘拥剑，香饭漉雕胡。

蜗角乾坤大，鳌头气势殊。[22]

秦庭迷指鹿，周室叹瞻乌。[23]

玉马违京辇，铜驼掷路衢。[24]

含容天地广，养育羽毛俱。

橘柚驰包贡，涂泥赋上腴。[25]

断犀埋越棘，照乘走隋珠[26]。

吊古江山在，怀今岁月逾。

鲸鲵空渤澥[27]，歌咏已唐虞。

鸥苹[28]愁何极，羊裘[29]钓不迂。

征鸿暮南去，回首忆莼鲈[30]。

【注释】

[1]张士诚：元泰州白驹场（今属江苏大丰）人。盐贩出身，与弟士德、士信及李伯升等，率盐丁起兵反元，后兵败被俘自缢。

[2]谢皋羽：谢翱，字皋羽，号晞发子，长溪（今福建霞浦县）人。元南侵后，曾从文天祥抗战。天祥殉节，撰《登西台恸哭记》，以张巡、颜真卿喻天祥，诉亡国之痛。宋亡不仕。

[3]野猿：诅咒元朝的词语。"猿"与"元"谐音。

[4]光尧：宋高宗赵构禅位于孝宗，被尊为太上皇，尊号"光尧寿圣太上皇帝"。颂其禅让之德，可比尧传位于舜。

［5］禾黍：指亡国。《诗经·王风·黍离》序："周大夫行役至于宗周，过故宗庙宫室，尽为禾黍。"

［6］"不见"句：传说南宋时，有江北的鹦鹉飞到建康行在，呼万岁，高宗闻而感伤。

［7］黄晋卿：黄晋，字晋卿。元代文学家。婺州义乌（今属浙江）人。仁宗延祐年间进士，为官清风高节，累官侍讲学士知制诰。书画俱能。今存《金华黄先生文集》。

［8］游麋鹿：繁华之地变荒凉之所，喻国灭家亡。《史记·淮南衡山列传》载，伍子胥谏吴王夫差，夫差不听。子胥曰："臣今见麋鹿游姑苏之台也。"

［9］空山号凤凰：宋大内在凤凰山南。《诗经·大雅·卷阿》："凤凰鸣矣，于彼高岗。"曰漫、曰空，指宋大内已荡然无存。

［10］"故国"句：汉武帝在长安建章宫筑神明台，铸铜仙人托金盘以承露水。魏明帝派人到长安拆迁铜人，铜人临行落泪。多借金人辞汉吊古伤今。赵孟頫本为赵宋后裔，用此典以寄托宗臣遗老的去国之思。

［11］玉马去朝周：喻贤臣去国另事明主。典出《史记·宋微子世家》。马指贤臣微子启。纣王昏暴，启数谏不听，乃去殷事周。赵孟頫以微子启自比，他宋亡而仕元。

［12］麦秀：微子事周，封于朝鲜。微子朝周，过殷故墟，见麦秀蕲蕲，曰："此父母之国。"乃为《麦秀之歌》，曰："麦秀渐渐兮，禾黍油油。彼狡童兮，不我好仇。"可谓百感交集。作者用以自况。

［13］百粤：古代"越""粤"通用，即百越。泛指浙、闽、粤、桂等地的部落。

〔14〕"艮岳"句：喻北宋灭亡。艮岳，指宋徽宗时竣工的华阳宫，徽宗作有《御制艮岳记》。1127年金陷汴京，华阳宫被毁。

〔15〕"坤灵"句：大地的灵秀之气。意为获神灵护佑，得以再建南宋王朝。

〔16〕"九子"句：《国语·晋语四》谓晋献公"同出九人，唯重耳在"。这里借指宋徽宗诸子皆被金人掳去，只有康王一人逃脱，继承帝位。且宋高宗赵构乃宋徽宗第九子。

〔17〕"云霞"二句：指大兴土木建宫殿。荆棘：陵墓寝园荒芜。

〔18〕"币帛"二句：求和纳币以求苟安，抑制打击主战派。

〔19〕"但闻"二句：只听得进心中期待的（关于和议）的奏折，对朝廷上大声疾呼的主战意见充耳不闻。立廷呼：吴王夫差要左右于廷中呼"夫差，而忘越王杀而父乎"，以不忘报仇之事。

〔20〕巨区：太湖。

〔21〕"至尊"六句：谓君臣宴乐，歌舞升平之景象。南宋林升《题临安邸》："山外青山楼外楼，西湖歌舞几时休？暖风薰得游人醉，直把杭州作汴州。"即是时政的真实写照。鹢首：饰有鹢鸟图案的船头，也指船。文舫：画舫。襞积：原指衣服皱褶，引申为重叠、堆积。氍毹：毛织的地毯，指舞台。

〔22〕"巨鳌"四句：喻元兵南侵，锐不可当。雕胡：菰米。用此米做的饭，称雕胡饭。

〔23〕"秦庭"二句：昏君听信佞臣（如贾似道之流）指鹿为马，谎报军情，以败称胜；生逢乱世，臣民将无所归依。迷指鹿：用赵高对秦二世胡亥指鹿为马的典故。瞻乌：《诗经·小雅·正月》："哀我人斯，于何从禄？瞻乌爰止，于谁之屋？"喻乱世无所归依的百姓。

［24］"玉马"二句：指恭帝和金太后被掳之事。铜驼：古代宫门外铜铸的骆驼。借指京城，宫廷。《晋书·索靖传》："靖有先识远量，知天下将乱，指洛阳宫门铜驼，叹曰：'会见汝在荆棘中耳。'"

［25］"橘柚"句：《尚书·禹贡》："厥包橘柚，锡贡。"谓包裹橘柚而进贡天子。后以"包贡"指进贡。涂泥：贫瘠之地。上腴：肥沃之田。

［26］照乘：照乘珠，光亮能照明车辆的宝珠。隋珠：隋侯之珠。古代与和氏璧同为稀世珍宝。

［27］鲸鲵：鲸，雄曰鲸，雌曰鲵。此指恶人。渤解：指沧海。此句为应景之语，说国内恶人已绝迹，表示对元朝的赞颂。

［28］鸱革：指死后被皮袋浮于江中的吴国功臣伍子胥。鸱革，指以马皮制成的鸟形皮囊。愁何极：伍子胥数谏夫差若放归越王勾践，坐视其强大，则越必亡吴。

［29］羊裘：羊裘垂钓。汉代严光与刘秀一起游学，后刘秀即位，严光隐姓埋名，身披羊裘隐钓洛中。喻隐居生活。

［30］忆莼鲈：西晋张翰，吴县（今江苏吴江县）人。在洛中为官，见秋风起，因思吴中莼菜羹、鲈鱼脍，曰："人生贵得适志，何能羁宦数千里以要名爵乎！"遂命驾便归。表达了刘基不为元朝效力而隐居的想法。

梵天寺

梵天寺在山川坛后，宋乾德四年钱吴越王建，名南塔。治平[1]十年，改梵天寺。元元统[2]中毁，明永乐十五年重建。有石塔二、灵鳗井、金井。先是，四明阿育王寺[3]有灵鳗井。武肃王迎阿育王舍利归梵天寺奉之，凿井南廊，灵鳗忽见，僧赞有记。东坡倅杭时，寺僧守诠住此。东坡过访，见其壁间诗有："落日寒蝉鸣，独归林下寺。柴扉夜未掩，片月随行履。惟闻犬吠声，又入青萝去。"东坡援笔和之曰："但闻烟外钟，不见烟中寺。幽人行未已，草露湿芒履。惟应山头月，夜夜照来去。"清远幽深，其气味自合。

苏轼《梵天寺题名》：

余十五年前[4]，杖藜芒履，往来南北山。此间鱼鸟皆相识，况诸道人乎！再至[5]惘然，皆晚生相对，但有怆恨。子瞻书。元祐四年十月十七日，与曹晦之、晁子庄、徐得之、王元直[6]、秦少章同来，时主僧皆出，庭户寂然，徙倚久之。东坡书。

【注释】

[1] 治平：宋英宗的年号。

[2] 元统：元顺帝的年号。

[3] 四明阿育王寺：在浙江宁波鄞县宝幢镇。晋人得塔基一座，高一尺四寸，广七，内悬宝磬，中缀舍利，传是阿育王所造八万四千塔之一，内藏舍利传是佛祖涅槃后的遗骨。东晋时建亭供奉此塔。梁武帝时赐额阿育王寺。

[4] 十五年前：指苏轼在杭州任通判的熙宁七年（1074）。

[5] "再至"句：指元祐四年（1189）。

[6] 晁子庄：北宋晁宗悫之子。兄仲衍，字子长，官祠部员外郎。兄仲熙，字子政，官朝议大夫。徐得之：徐大正，字得之，宋建州瓯宁人，黄州知州徐大受之弟。人称比山学士。与苏轼交

好。元祐中，筑室北山下，名闲轩。秦观为之记，苏轼为赋诗。

王元直：王箴，苏轼妻王弗之弟，字元直。

胜果寺

胜果寺，唐乾宁间，无着禅师建。其地松径盘纡，涧淙潺潺。罗刹石在其前，凤凰山列其后，江景之胜无过此。出南塔而上，即其地也。宋熙宁间，在寺僧清顺[1]住此。顺约介寡交，无大故不入城市。士夫有以米粟馈者，受不过数斗，盉贮[2]几上，日取二三合啖之，蔬笋之供，恒缺乏也。一日，东坡至胜果，见壁间有小诗云："竹暗不通日，泉声落如雨。春风自有期，桃李乱深坞。"问谁所作，或以清顺对。东坡即与接谈，声名顿起。

僧圆净《胜果寺》诗：

深林容鸟道，古洞隐春萝。

天迥闻潮早，江空得月多。

冰霜丛草木，舟楫玩风波。

岩下幽栖处，时闻白石[3]歌。

僧处默[4]《胜果寺》诗：

路自中峰上，盘回出薜萝。

到江吴地尽，隔岸越山多。

古木丛青蔼，遥天浸白波。

下方城郭近，钟磬杂笙歌。

【注释】

［1］清顺：字怡然，北宋诗僧。居湖山胜处，清介贫甚，士大夫多往就见。

［2］盎：一种腹大口小的瓦盆。

［3］白石：喻求道隐逸。汉刘向《列仙传·白石生》："白石生……彭祖时已二千余岁……常煮白石为粮。"

［4］僧处默：唐代诗僧，常与贯休以诗唱和。后入庐山，不知所终。

五云山

五云山[1]去城南二十里，冈阜深秀，林峦蔚起，高千丈，周回十五里。沿江自徐村进路，绕山盘曲而上，凡六里，有七十二湾，石磴千级。山中有伏虎亭[2]，梯以石城[3]，以便往来。至顶半，冈名月轮山，上有天井，大旱不竭。东为大湾[4]，北为马鞍，西为云坞，南为高丽，又东为排山。五峰森列，驾轶云霞，俯视南北两峰，若锥朋立。长江带绕，西湖镜开，江上帆樯，小若鸥凫，出没烟波，真奇观也。宋时每岁腊前，僧必捧雪表进[5]，黎明入城中，霰犹未集，盖其地高寒，见雪独早也。山顶有真际寺[6]，供五福神[7]，贸易者必到神前借本，持其所挂楮镪[8]去，获利则加倍还之。借乞甚多，楮镪恒缺。即尊神放债，亦未免穷愁。为之掀髯一笑。

袁宏道《御教场[9]小记》：

　　余始慕五云之胜，刻期欲登，将以次登南高峰。及一观御教场，游心顿尽。石篑尝以余不登保俶塔为笑。余谓西湖之景，愈下愈胜，高则树薄山瘦，草髠石秃，千顷湖光，缩为杯子。北高峰、御教场是其样也。虽眼界稍阔，然此躯长不逾六尺，穷目不见十里，安用许大地方为哉！石篑无以难。

【注释】

　　[1]五云山：在杭州西湖西南面，濒临钱塘江，相传古时有五色瑞云萦绕山颠，故名。

　　[2]伏虎亭：宋初僧志逢以肉饲虎，虎辄驯伏，亭为此而建。

　　[3]城：台阶。

　　[4]大湾：与马鞍、云坞、高丽、排山皆为峰名。

　　[5]雪表：贺雪表。因为"瑞雪兆丰年"，故臣子向皇帝进表文以示庆贺。

　　[6]真际寺：后梁普觉禅师结庵。后晋天福中，赐额"真际"。

　　[7]五福神：古代以寿、富、康宁、攸好德、考终命为五福。此指赵公明、招宝、纳珍、招财、利市五路财神。

　　[8]楮镪：纸钱。

　　[9]御教场：将台山，俗称御教场。南宋时是御林军的"殿前司营"。宋孝宗与后宫妃嫔常在此习武射箭，检阅兵将。因方腊之妹"百花公主"在此点将而得名。

云　栖

　　云栖，宋熙宁间有僧志逢者居此，能伏虎，世称伏虎禅师。天僖[1]中，赐真济院额。明弘治[2]间为洪水所圮。隆庆五年，莲池大师[3]名袾宏，字佛慧，仁和沈氏子，为博士弟子，试必高等，性好清净，出入二氏[4]。子殇妇殁。一日阅《慧灯集》[5]，失手碎茶瓯，有省，乃视妻子为鹃臭布衫[6]，于世相一笔尽勾。作歌寄意，弃而专事佛，虽学使者[7]屡公力挽之，不回也。从蜀师剃度受具，游方至伏牛，坐炼呓语，忽现旧习，而所谓一笔勾者，更隐隐现。去经东昌府谢居士家，乃更释然，作偈曰："二十年前事可疑，三千里外遇何奇。焚香执戟浑如梦，魔佛空争是与非。"当是时，似已惑破心空，然终不自以为悟。归得古云栖寺旧址，结茅默坐，悬铛煮糜，日仅一食。胸挂铁牌，题曰："铁若开花，方与人说。"久之，檀越[8]争为构室，渐成丛林[9]，弟子日进。其说主南山戒律[10]，东林净土[11]，先行《戒疏发隐》[12]，后行《弥陀疏钞》[13]。一时江左诸儒皆来就正。

　　王侍郎宗沐[14]问："夜来老鼠唧唧，说尽一部《华严经》？"师云："猫儿突出时如何？"自代云："走却法师，留下讲案。"又书颂云："老鼠唧唧，《华严》历历。奇哉王侍郎，却被畜生惑。猫儿突出画堂前，床头说法无消息。大方广佛《华严经》，世主妙严品第一。"其持论严正，诘解精微。监司守相[15]下车就语，侃侃略无屈。海内名贤，望而心折。孝定皇太后[16]绘像宫中礼焉，赐蟒袈裟，不敢服，被衲敝帏，终身无改。斋惟菰菜。有至寺者，高官舆从，一概平等，几无加豆[17]。仁和樊令问："心杂乱，何时得静？"师曰："置之一处，无事不办。"坐中一士人曰："专格一物，是置之一处，办得何事？"师曰："论格物，只当依朱子豁然贯通去，何事不办得？"或问："何不贵前知？"师曰："譬如两人观《琵琶记》[18]，一人不曾见，一人见而预道之，毕竟同看终场，能增减一出否耶？"甬东屠隆[19]于净慈寺迎师观所著《昙花传奇》，虞淳熙[20]以师梵行素严阻之。师竟偕诸绅衿临场谛观讫，无所忤。寺必设戒，绝钗钏声，而时抚琴弄箫，以乐其脾神。晚著《禅关策进》[21]。其所述，峭似高峰、冷似冰者，庶几似之矣。喜乐天之达，选行其诗。平居笑谈谐谑，洒脱委蛇，有永公[22]清散之风。未尝一味槁木死灰，若宋旭所议担板汉[23]，真不可思议人也。出家五十年，种种具嘱语中。万历乙卯六月晦日，书辞诸友，还山设斋，分表施衬[24]，若将远行者。七月三日，卒仆不语，次日复醒。弟子辈问后事，举嘱语对。四日之午，命移面西向，循首开目，同无疾时，哆哪[25]念佛，跌坐而逝。往吴有神李县降毗山，谓师是古佛。而杨靖安万春[26]尝见师现佛身，施食吴中。一信士窥空室，四鬼持灯至，忽列三莲座，师坐其一，佛像也。乩仙之灵者云，张果听师说《心赋》[27]于永明。李屯部[28]妇素不信佛，偏受师戒，逾年屈三指化，云身是梵僧阿那吉多[29]。而僧俗将坐脱[30]时，多请说戒、说法。然师自名凡夫，诸事恐呵责，不敢以闻。化前一日，漏语见一大莲华盖，不复能秘其往生之奇云[31]。

袁宏道《云栖小记》：

云栖在五云山下，篮舆行竹树中，七八里始到，奥僻非常，莲池和尚栖止处也。莲池戒律精严，于道虽不大彻[32]，然不为无所见者。至于单提念佛一门，则尤为直捷简要，六个字[33]中，旋天转地，何劳捏目[34]更趋狂解，然则虽谓莲池一无所悟可也。一无所悟，是真阿弥，请急着眼[35]。

李流芳《云栖春雪图跋》：

余春夏秋常在西湖，但未见寒山而归。甲辰，同二王[36]参云栖。时已二月，大雪盈尺。出赤山步，一路琼枝玉干，披拂照曜。望江南诸山，皑皑云端，尤可爱也。庚戌秋，与白民看雪两堤[37]。余既归，白民独留，迟雪至腊尽。是岁竟无雪，怏怏而返。世间事各有缘，固不可以意求也。癸丑阳月[38]题。

又《题雪山图》：

甲子嘉平月[39]九日大雪，泊舟阊门，作此图。忆往岁在西湖遇雪，雪后两山出云，上下一白，不辩其为云为雪也。余画时目中有雪，而意中有云，观者指为云山图，不知乃画雪山耳。放笔一笑。

张岱《赠莲池大师柱对》：

说法平台，生公一语石一语。

栖真[40]斗室，老僧半间云半间。

【注释】

[1] 天僖：当作天禧。宋真宗的年号。

[2] 弘治：明孝宗的年号。

[3] 莲池大师：明净土宗大师，仁和（今杭州）人。隆庆五年，居杭州云栖寺，专主净土法门，融合禅宗，定十约，僧徒奉为科律。主张儒释道三教一致。与紫柏、憨山、薄益并称明代"四大高僧"。

[4] 出入二氏：兼涉儒佛。

[5]《慧灯集》：元代华严名僧仲华文才所著。他讲授经论，主张通宗会意，视语言文字，糟粕而已。世祖命为洛阳白马寺住持，号"释源宗主"，后为五台山佑国寺开山第一代住持。

[6] 鹑臭布衫：比喻臭秽之物。

[7] 学使：即学政，"提督学政"的简称，是由朝廷委派到各省主持院试，并督察各地学官的官员，一般由翰林院或进士出身的京官担任。

[8] 檀越：施主。

[9] 丛林：众多僧人共同居住的大寺院，如树木之丛集为林，故称。

[10] 南山戒律：唐代僧人道宣住持终南山丰德寺，为律宗三派之一的南山宗的创始人，故称。

[11] 东林净土：即净土宗，中国佛教流传最广的派别之一，专修往生净土（西方极乐世界）的法门。初祖慧远住庐山东林寺，结莲社，故称东林净土，又称莲宗。

［12］《戒疏发隐》：全名《梵冈戒疏发隐》，莲池大师所撰。

［13］《弥陀疏钞》：全名《阿弥陀经疏钞》，为莲池大师为鸠摩罗什所译之阿弥陀经作的疏。

［14］王侍郎宗沐：王宗沐，字新甫，明临海人。嘉靖进士，任江西提学副使时，修白鹿洞书院。三迁山西布政使，任刑部侍郎。

［15］监司：按察使。守相：郡守。

［16］孝定皇太后：明神宗生母李太后，任用张居正为相，支持变法。好佛，多置庙宇，耗资巨万。

［17］加豆：添加食物以示尊崇。豆，先秦时期的食器和礼器。

［18］《琵琶记》：明高则诚作。写蔡伯喈考中状元后被迫入赘牛丞相府，其妻赵五娘独力养家，逢灾年典当俱尽，父母饿死，五娘抱琵琶千里行乞，赴京寻夫，几经周折，终得团圆。

［19］甬东屠隆：屠隆，字长卿，一字纬真，号赤水、鸿苞居士，浙江鄞县人。万历进士，曾任礼部主事，后罢归。屠隆精通音律，不但写戏编戏，还演戏，其家中便自办有戏班，还掏钱聘请名角。著有传奇《昙花记》《修文记》《彩毫记》。《昙花传奇》：即屠隆所著《昙花记》，写唐木清泰弃官求道，苦修十年，与妻妾均成正果之事。

［20］虞淳熙：字长孺，浙江钱塘人。历任兵部职方事、礼部员外郎等职。梵行素严：平素持戒甚严。

［21］《禅关策进》：莲池大师著。为修禅者必读之精进总集。

［22］永公：指晋僧慧永，庐山西林寺住持。

［23］宋旭：字石门，善绘画，万历间名重海内。担板汉：指呆板不知变通的人。

［24］分表施衬：分别表明施布的人和物。

［25］哆哪：犹呢喃。

［26］杨靖安万春：杨万春，钱塘人，万历举人，曾任上杭、靖安县县令。

［27］《心赋》：是宋代净土宗高僧智觉禅师延寿探讨佛理之作。

［28］屯部：即屯田部，明代工部下属的部门，掌屯种、征商、薪炭、抽分、夫役、坟茔之事。

［29］阿那吉多：即"阿尼律陀"，意译为如意无贪，释迦牟尼的叔父甘露饭王之子，后随释迦出家，为佛祖十大弟子之一。

［30］坐脱：即坐化。佛教修行者临终时端坐而逝，称坐化。因佛教认为人死是苦难的解脱，所以又称"坐脱"。

［31］"不复"句：谓不能再隐瞒他前世的奇异，指其为佛转世。

［32］不大彻：不透彻，未至大悟大彻的境界。

［33］六个字：即"南无阿弥陀佛"。

［34］捏目：目喻真心，捏目谓妄念。狂解：是袁宏道对狂禅、滥禅的批判。

［35］急着眼：抓紧思考。

［36］二王：王志坚，字弱生，号淑士，明苏州昆山人。万历进士，任南京兵部员外郎，与李流芳并位"昆山三才子"之列。王志长，字平仲，志坚之弟，万历举人。

［37］两堤：苏堤、白堤。

［38］癸丑：万历四十一年（1613）。阳月：农历十月的别称。

［39］甲子：天启四年（1624）。嘉平月：农历十二月的别称。

［40］栖真：坐禅。

六和塔

月轮峰在龙山之南。月轮者，肖其形也。宋张君房[1]为钱塘令，宿月轮山，夜见桂子下塔，雾旋穗散坠如牵牛子。峰旁有六和塔，宋开宝三年，智觉禅师[2]筑之以镇江潮。塔九级，高五十余丈，撑空突兀，跨陆府川。海船方泛者，以塔灯为之向导。宣和中，毁于方腊之乱。绍兴二十三年，僧智昙改造七级。明嘉靖十二年毁。中有汤思退[3]等汇写佛说四十二章、李伯时[4]石刻观音大士像。塔下为渡鱼山，隔岸剡中[5]诸山，历历可数也。

李流芳《题六和塔晓骑图》：

燕子矶[6]上台，龙潭驿[7]口路。
昔时并马行，梦中亦同趣。
后来五云山，遥对西兴渡[8]。
绝壁瞰江立，恍与此境遇。
人生能几何，江山幸如故。
重来复相携，此乐不可喻。
置身画图中，那复言归去。
行当寻云栖，云栖渺何处。

此予甲辰与王淑士平仲参云栖舟中为题画诗，今日展予所画《六和塔晓骑图》，此境恍然，重为题此。壬子十月六日，定香桥舟中。

吴琚[9]《六和塔应制》词：

玉虹遥挂，望青山、隐隐如一抹。忽觉天风吹海立，好似春雷初发。白马凌空，琼鳌[10]驾水，日夜朝天阙。飞龙舞凤，郁葱环拱吴越。此景天下应无，东南形胜，伟观真奇绝。好似吴儿飞彩帜，蹴起一江秋雪[11]。黄屋天临，水犀[12]云拥，看击中流楫[13]。晚来波静，海门飞上明月。

（右调《酹江月》）

杨维桢《观潮》诗：

八月十八睡龙死[14]，海龟夜食罗刹水[15]。
须臾海辟鼋鼍[16]门，地卷银龙薄于纸。
艮山移来天子宫，宫前一箭随西风[17]。
劫灰欲洗蛇鬼穴，婆留折铁犹争雄[18]。
望海楼头夸景好，断鳌已走金银岛[19]。
天吴一夜海水移，马蹀沙田食沙草。
厓山楼船归不归，七岁呱呱啼轵道。[20]

徐渭《映江楼看潮》诗：

鱼鳞金甲屯牙帐，翻身却指潮头上。
秋风吹雪下江门，万里琼花卷层浪。
传道吴王渡越时，三千强弩射潮低。[21]
今朝筵上看传令，暂放胥涛[22]掣水犀。

/ 194 /

【注释】

[1] 张君房：宋安陆（今属湖北）人。景德进士，官尚书度支员外郎，充集贤校理。

[2] 智觉禅师：净土宗高僧。宋太祖时，他应吴越王钱俶之邀，成为杭州慧日永明寺（即文中所说"永明"，今名净慈寺）住持。

[3] 汤思退：字进之，号湘水。南宋绍兴年间因附秦桧，累官参知政事，拜右仆射，寻罢。隆兴初复为宰相。

[4] 李伯时：李公麟，字伯时，舒州舒城（今属安徽）人，号龙眠居士，北宋著名画家。官至朝奉郎。与苏轼、米芾、黄庭坚等皆有深交。

[5] 剡中：古代县名，西汉置，在今浙江嵊县西南。

[6] 燕子矶：在南京市观音门外，是长江三大名矶之一，号称"万里长江第一矶"。山石直立江上，三面临空，似燕子欲飞。

[7] 龙潭驿：在江苏句容北，濒临长江。明初在此处设巡司，兼设龙潭水马驿。

[8] 西兴渡：在今杭州滨江区。地当钱塘江渡口，为浙东大运河的起点，是商旅会集之地。古代在此设渡置驿。

[9] 吴琚：开封人，字居父，号云壑。南宋书法家。工诗词，尤精翰墨。著有《云壑集》。有《观使帖》《焦山题名》等传世。

[10] 琼鳌：传说中的白色海龟。

[11] "好似吴儿"二句：参见周密《观潮》所云：钱塘潮"既而渐近，则玉城雪岭，际天而来"；吴儿则"皆披发文身，手持十幅大彩旗，争先鼓勇，溯迎而上，出没于鲸波万仞中，腾身百变，而旗尾略不沾湿，以此夸能"。

[12] 水犀：指水军。《国语·越语上》载吴王夫差有"衣水犀

之甲"的水军。

[13]击中流楫:《晋书·祖逖传》载:逖将其部曲百余家渡江,中流击楫而誓曰:"祖逖不能清中原而复济者,有如大江。"文中赞即位之初的孝宗尚有北伐之志。

[14]睡龙死:或指民间传说八月八日钱镠射死钱塘潮神的故事。

[15]罗刹水:罗刹江,即钱塘江。

[16]龟赭:两山名。在浙江萧山市东北。原本两山夹江对峙,现均在钱塘江南岸。

[17]"官前"句:相传宋钦宗被囚禁在金国,监者愿射雁以卜,钦宗仰天祝祷,监者果然一箭射中。艮山移来:形容钱塘潮排山倒海之势。

[18]婆留:吴越王钱镠的小名。镠出生后,其父欲投之井。祖母强留之,故名。折铁:折铁剑,状似刀,长三尺宽三分,重仅一斤四两。喻钱镠仅据有弹丸之地。犹争雄:据说贯休献诗钱镠有"一剑霜寒十四州"之句,钱改为"四十州",其争霸中原之心可见。他先后打败刘汉宏、董昌等,雄霸一方。

[19]金银岛:喻厓山。杭州沦陷,杨太后带着年幼的益王赵昰、广王赵昺逃至温州。陆秀夫、张世杰拥立赵昰即位,是为端宗。端宗病亡,又拥立7岁的赵昺为帝。诗末句"七岁呱呱"即咏此事。

[20]厓山:1279年,赵昺政权节节败退,退至广东新会县南的厓山。丞相陆秀夫背着7岁的皇帝投海自尽。张世杰坚拒劝降,战斗到舟倾人亡。杨太后也跳海自尽。

[21]"传道"二句:关于强弩射潮的传说,既有吴王夫差,又有吴越王钱镠。此指前者。苏轼《八月十五日看潮》诗有"安

得夫差水犀手，三千强弩射潮低"句。

［22］胥涛：即钱塘潮。伍子胥死后被投入浙江，化为涛神。

镇海楼

镇海楼旧名朝天门，吴越王钱氏建。规石为门，上架危楼。楼基垒石高四丈四尺，东西五十六步，南北半之。左右石级登楼，楼连基高十有一丈。元至正中，改拱北楼。明洪武八年，更名来远楼，后以字画不祥[1]，乃更名镇海。火于成化十年，再造于嘉靖三十五年，是年九月又火，总制胡宗宪[2]重建。楼成，进幕士徐渭曰："是当记，子为我草。"草就以进，公赏之，曰："闻子久侨矣。"趣召掌计，廪银之两百二十为秀才庐。渭谢侈[3]不敢。公曰："我愧晋公，子于是文，乃遂能愧湜，倘用福先寺事数字以责我酬，我其薄矣，何侈为！"[4]渭感公语，乃拜赐持归。尽橐中卖文物如公数，买城东南地十亩，有屋二十有二间，小池二，以鱼以荷；木之类，果木材三种，凡数十株；长篱亘亩，护以枸杞，外有竹数十个，笋进云。客至，网鱼烧笋，佐以落果，醉而咏歌。始屋陈而无次，稍序新之，遂颜其堂曰"酬字"。

徐渭《镇海楼记》：

镇海楼相传为吴越钱氏所建，用以朝望汴京，表臣服之意。其基址、楼台、门户、栏楯，极高广壮丽，具载别志中。楼在钱氏时，名朝天门。元至正中，更名拱北楼。皇明洪武八年，更名来远。时有术者病其名之书画不祥，后果验，乃更今名。火于成化十年，再建于嘉靖三十五年，九月又火。予奉命总督直浙闽军务，开府于杭[5]，而方移师治寇，驻嘉兴，比归，始与某官某等谋复之。人有以不急病者。予曰："镇海楼建当府城之中，跨通衢，截吴山[6]麓，其四面有名山大海、江湖潮汐之胜，一望苍茫，可数百里。民庐舍百万户，其间村市官私之景，不可亿计，而可以指顾得者，惟此楼为杰特之观。至于岛屿浩渺，亦宛在吾掌股间。高耸长骞，有俯压百蛮气。而东夷之以贡献过此者，亦往往瞻拜低回而始去。故四方来者，无不趋仰以为观游的。如此者累数百年，而一旦废之，使民若失所归，非所以昭太平、悦远迩。非特如此已也，其所贮钟鼓刻漏之具，四时气候之榜，令民知昏晓，时作息，寒暑启闭，桑麻种植渔佃，诸如此类，是居者之指南也。而一旦废之，使民懵然迷所往，非所以示节序，全利用。且人传钱氏以臣服宋而建，此事昭著已久。至方国珍[7]时，求缓死于我高皇，犹知借镠事以请[8]。诚使今海上群丑[9]而亦得知钱氏事，其祈款如珍之初词，则有补于臣道不细，顾可使其迹湮没而不章耶？予职清海徼[10]，视今日务，莫有急于此者。公等第营之，毋浚征[11]于民，而务先以己。"于是予与某官某等，捐于公者计银凡若干，募于民者若干。遂集工材，始事于某年月日。计所构，甃石为门，上架楼，楼基垒石，高若干丈尺。东西若干步，南北半之。左右级曲而达于楼，楼之高又若干丈。凡七楹，础百。巨钟一，鼓大小九，时序榜各有差，贮其中，悉如成化时制。盖历几年月而成。始楼未成时，剧寇满海上，予移师往讨，日不暇至。于今五年，寇剧者禽，来者遁，居者慑不敢来，海始晏然，而楼适成，故从其旧名"镇海"。

张岱《镇海楼》诗：

钱氏称臣历数传，危楼突兀署朝天。

越山吴地方隅[12]尽，大海长江指顾连。

使到百蛮皆礼拜，潮来九折自盘旋。

成嘉到此经三火，皆值王师靖海年。

都护[13]当年筑废楼，文长[14]作记此中游。

适逢困鳄来投辖[15]，正值饥鹰自下韝[16]。

严武题诗属杜甫[17]，曹瞒拆字忌杨修[18]。

而今纵有青藤笔，更讨何人数字酬！[19]

【注释】

[1] 字画不祥：来远楼的"来""远"字，来带丧形，远从农，带哀形，旁之两点相续者，泪形也，故曰"不祥"。

[2] 总制：即总督。

[3] 谢侈：以酬金过多而辞谢。

[4] "我愧晋公"六句：唐代文人皇甫湜恃才自傲，《新唐书·皇甫湜传》载："求分司东都（洛阳）。留守裴度（曾为相，封晋公）辟为判官。度修福先寺，将立碑，求文于白居易。湜怒曰：'近舍湜而远取居易，请从此辞。'度谢之。湜即请斗酒，饮酣，援笔立就。度赠以车马缯彩甚厚。湜大怒曰：'自吾为《顾况集序》，未尝许人。今碑字三千，字三缣，何遇我薄邪？'度笑曰：'不羁之才也。'从而酬之。"此六句意为：与裴度比我有愧，而你的文章能使皇甫湜惭愧。若用福先寺碑"一字三缣"的价码来衡量我的酬谢，岂不是太少了，怎么会多呢？

［5］开府于杭：在杭州建府署。

［6］吴山：又称胥山、城隍山，在杭州西湖东南，春秋时为吴国西界，故名。

［7］方国珍：又名谷真，浙江黄岩人。兄弟五人以佃农贩盐为生，元末起事，屡败元军。与张士诚七战七捷。后败于朱元璋，归降。任广西行省左丞。

［8］借镠事以请：指仿效钱镠臣服北宋，年年进贡。

［9］海上群丑：指流窜于浙、闽，祸害百姓的海盗。

［10］海徼：海疆。

［11］浚征：榨取、苛征。

［12］方隅：指边疆。

［13］都护：指胡宗宪。

［14］文长：徐渭。

［15］投辖：丢弃来客的车轴以留客。表示好客。

［16］下韝：皮草制的臂套，用以架鹰。

［17］"严武"句：严武，字季鹰。天宝之乱后，以破吐蕃功，进检校吏部尚书，封郑国公。杜甫曾往依之，数度劝杜甫出任。杜甫入其幕，任检校工部员外郎。其《九日巴岭答杜二见忆》诗中"两乡千里梦相思"之句，可见两人友情之笃。此比胡宗宪和徐渭之谊。

［18］"曹瞒"句：曹操用曹娥碑背的"黄绢、幼妇、外孙、齑臼"八字考杨修，杨修答以"绝妙好辞"。曹操忌其才，后借故杀了他。这是反用典故。

［19］"而今"二句：既怀念青藤（徐渭号）先辈，又叹未有知己。数字酬：指胡宗宪酬谢徐渭。

伍公祠

吴王既赐子胥死，乃取其尸盛以鸱夷之革，浮之江中。子胥因流扬波，依潮来往，荡激堤岸，势不可御。或有见其银铠雪狮，素车白马，立在潮头者，遂为之立庙。每岁仲秋既望，潮水极大，杭人以旗鼓迎之。弄潮之戏，盖始于此。宋大中祥符[1]间，赐额曰"忠靖"，封英烈王。嘉、熙[2]间，海潮大溢。京兆[3]赵与权祷于神，水患顿息，乃奏建英卫阁于庙中。元末毁，明初重建。有唐卢元辅[4]《胥山铭序》、宋王安石《庙碑铭》。

高启《伍公祠》诗：

地大天荒霸业空[5]，曾于青史叹遗功[6]。
鞭尸楚墓生前孝[7]，抉眼吴门死后忠[8]。

魂压怒涛翻白浪，剑埋冤血起腥风。
我来无限伤心事，尽在吴山烟雨中。

徐渭《伍公庙》诗：

吴山东畔伍公祠，野史评多无定词。
举族何辜同刈草[9]，后人却苦论鞭尸。
退耕始觉投吴早[10]，雪恨终嫌入郢迟。

事到此公真不幸，镯镂依旧遇夫差。

张岱《伍相国祠》诗：

突兀吴山云雾迷，潮来潮去大江西。
两山吞吐成婚嫁，万马奔腾应鼓鼙[11]。
清浊溷淆天覆地，玄黄错杂血连泥。
旌幢幡盖威灵远，檄到娥江取候齐[12]。

从来潮汐有神威，鬼气阴森白日微。
隔岸越山遗恨在，到江吴地故都非。
钱塘一臂鞭雷走，狯猪双颐噀雪飞。
灯火满江风雨急，素车白马[13]相君归。

【注释】

[1] 大中祥符：宋真宗的年号。

[2] 嘉、熙：嘉祐与熙宁，分别为宋仁宗和宋神宗的年号。

[3] 京兆：京兆尹，京城的长官。

[4] 卢元辅：字子望，唐权臣卢杞之子，历任杭、常、绛三州刺史，为人端静介正。

[5] 霸业空：伍子胥曾辅佐吴王阖闾和夫差，破楚国，打败齐国、鲁国，成为春秋一霸。但伍子胥劝谏夫差先灭越再伐齐，夫差不听，执意放了越王勾践，反而将伍子胥赐死。九年之后，勾践灭吴，夫差被杀。

[6] 青史叹遗功：伍子胥被赐死前，曾对夫差感叹道：“我令

若父（阖闾）霸。自若（你）未立时，诸公子争立，我以死争之于先王，几不得立。若既得立，欲分吴国予我，我顾不敢望也。然今若听谀臣（太宰伯嚭）言以杀长者。"见《史记·伍子胥列传》。

[7] 鞭尸楚墓：据《史记·伍子胥列传》载，伍子胥父伍奢，为楚平王太傅。受费无忌谮害，与长子伍尚皆被平王杀害。子胥冒死逃至吴国，发誓报仇。公元前506年，伍子胥协同孙武率吴军攻入楚都，掘平王墓，鞭尸三百以解恨。

[8] 抉眼吴门：伍子胥助吴王夫差称霸，却因太宰伯嚭的谗毁，被夫差赐剑自刎。临死前，他对门客说："抉吾眼悬东门之上，以观越寇之入灭吴也。"

[9] "举族"句：指伍子胥父兄忠君而被灭族。

[10] "退耕"句：子胥游说吴王僚让公子光率兵攻楚。公子光不同意，点明伍子胥急于报私仇。伍子胥知公子光有篡位之心，便向其推荐刺客专诸，而自己则耕于田野以待时。

[11] 应鼓鼙：与战鼓相应和。

[12] "檄到"句：相传伍子胥死后成为潮神，曾令曹娥江和钱塘江潮同涨同退。

[13] 素车白马：相传伍子胥化为潮神，有时乘素车白马，立于潮头。

城隍庙

吴山城隍庙，宋以前在皇山[1]，旧名永固，绍兴九年徙建于此。宋初，封其神，姓孙名本。永乐时，封其神，为周新。新，南海人，初名日新。文帝[2]常呼"新"，遂为名。以举人为大理寺评事，有疑狱，辄一语决白之。永乐初，拜监察御史，弹劾敢言，人目为"冷面寒铁"。长安中以其名止儿啼。转云南按察使，改浙江。至界，见群蚋飞马首，尾之薮中，得一暴尸，身余一钥、一小铁识。新曰："布贾也。"收取之。既至，使人入市市中布，一一验其端，与识同者[3]皆留之。鞫[4]得盗，召尸家人与布，而置盗法[5]，家人大惊。新坐堂，有旋风吹叶至，异之。左右曰："此木城中所无，一寺去城差远，独有之。"新曰："其寺僧杀人乎？而冤也。"往树下，发得一妇人尸。他日，有商人自远方夜归，将抵舍，潜置金丛祠石罅中，旦取无有。商白新。新曰："有同行者乎？"曰："无有。""语人乎？"曰："不也，仅语小人妻。"新立命械其妻，考之，得其盗，则其私也。则客暴至，私者在伏匿听取之者也[6]。凡新为政，多类此。新行部，微服视属县，县官触之，收系狱，遂尽知其县中疾苦。明日，县人闻按察使来，共迓不得。新出狱曰："我是。"县官大惊。当是时，周廉使名闻天下。锦衣卫指挥纪纲[7]者最用事，使千户探事浙中，千户作威福受赇。会新入京，遇诸涂，即捕千户系涿狱。千户逸出，诉纲，纲更诬奏新。上怒，逮之，即至，抗严陛前曰："按察使[8]擒治奸恶，与在内都察院同，陛下所命也，臣奉诏书死，死不憾矣。"上愈怒，命戮之。临刑大呼曰："生作直臣，死作直鬼！"是夕，太史奏文星坠，上不怿，问左右周新何许人。对曰："南海。"上曰："岭外乃有此人。"一日，上见绯而立者[9]，叱之，问为谁。对曰："臣新也。上帝谓臣刚直，使臣城隍浙江，为陛下治奸贪吏。"言已不见。遂封新为浙江都城隍，立庙吴山。

张岱《吴山城隍庙》诗：

宣室殷勤问贾生，鬼神情状不能名。[10]
见形白日天颜动，浴血黄泉御座惊。[11]
革伴鸱夷犹有气，身殉豺虎岂无灵[12]。
只愁地下龙逢[13]笑，笑尔奇冤遇圣明[14]。

尚方特地出枫宸[15]，反向西郊斩直臣。
思以鬼言[16]回圣主，还将尸谏退金人。
血诚无藉丹为色，寒铁应教金铸身[17]。
坐对江潮多冷面，至今冤气未曾伸。

又《城隍庙柱铭》：
厉鬼张巡[18]，敢以血身污白日。
阎罗包老[19]，原将铁面比黄河。

【注释】

[1] 皇山：即凤篁岭。

[2] 文帝：明成祖朱棣。

[3] 与识同者：与死者相识、同行者。

[4] 鞠：同"鞫"，审讯。

[5] 置盗法：法办盗贼。

[6] 客暴至：商人突然回来。私者：指与其妻私通者。

[7] 锦衣卫：皇帝亲军，掌侍卫、缉捕、刑狱之事，下设诏狱，法司不能问。纪纲：明山东临邑人，为人诡黠。以拥燕王朱棣即

位有功，擢锦衣卫指挥典亲军，司诏狱。爪牙广布，后失宠被杀。

［8］按察使：各省提刑按察司长官，掌该省司法事务，如擒治贪酷、平谳刑狱、雪理冤枉、振扬风纪等。

［9］绯而立者：穿红色官服而立的人。

［10］"宣室"二句：汉文帝在未央宫前殿正室（宣室）咨询放逐后被召回的贾谊。所问皆鬼神之事，而非国计民生的大事。所以李商隐《贾生》诗慨叹道："宣室求贤访逐臣，贾生才调更无伦。可怜夜半虚前席，不问苍生问鬼神。"

［11］"见形"二句：周新因纪纲诬奏而触怒皇上，并被刑戮之事。

［12］"身殉豺虎"句：即周新捕贪赃不成，反为纪纲诬奏，被刑戮死后显灵之事。

［13］龙逢：关龙逢，夏桀的忠臣，因直谏而被冠以"妖言犯上"之罪，囚禁而死。

［14］遇圣明：指周新被封为城隍，立庙吴山。

［15］枫宸：宫殿。因汉宫多植枫树，故用以指代。

［16］"鬼言"句：即文中"为陛下治奸贪吏"。

［17］金铸身：传说越王曾以金铸范蠡像，置于座侧，与之论政。

［18］厉鬼张巡：唐代人。安史之乱爆发后，安庆绪以十数万之众兵围睢阳。张巡和许远率数千人马在内无粮草、外无援兵的情况下死守睢阳（今河南商丘地区）达四月之久，杀伤敌军数万。终因寡不敌众城陷，向西拜曰"臣虽为鬼，誓与贼为厉，以答明恩"而死。

［19］阎罗包老：包拯，字希仁，北宋庐州（合肥）人。天圣进士，累官权知开封府，权御史中丞、三司使、枢密副使等授龙

图阁直学士。善断狱讼，不畏权贵，不徇私情，清正廉洁，民间遂有"包青天"之誉，有"关节不到，有阎罗包老"之说。对奸佞之人而言，包拯公堂犹如阎罗王殿，故称"阎罗"。

火德庙

火德祠在城隍庙右，内为道士精庐。北眺西冷，湖中胜概，尽作盆池小景。南北两峰如研山在案，明圣二湖如水盂在几。窗楗门榱[1]凡见湖者，皆为一幅图画。小则斗方[2]，长则单条[3]，阔则横披[4]，纵则手卷，移步换影。若遇韵人，自当解衣盘礴。画家所谓水墨丹青，淡描浓抹，无所不有。昔人言"一粒粟中藏世界，半升铛里煮山川"[5]，盖谓此也。火居道士[6]能为阳羡书生，则六桥三竺，皆是其鹅笼[7]中物矣。

张岱《火德祠》诗：

中郎评看湖，登高不如下。
千顷一湖光，缩为杯子大。
余爱眼界宽，大地收隙罅。
瓮牖与窗楗，到眼皆图画。
渐入亦渐佳，长康食甘蔗。[8]
数笔倪云林[9]，居然胜荆夏[10]。
刻画非不工，淡远长声价。
余爱道士庐，宁受中郎骂。

【注释】

[1] 门橜：古代门中央竖的短木。

[2] 斗方：此指一尺见方的册页书画。

[3] 单条：直幅书画。

[4] 横披：长条形的横幅书画。

[5]"一粒粟"二句：唐吕岩（字洞宾）之诗。一作"一粒粟中藏世界，二升铛内煮山川"。

[6] 火居道士：指有家室的道士。火居，喻家庭。

[7] 鹅笼：梁吴均《续齐谐记》载，阳羡许彦外出，背着鹅笼行路，遇一书生，以脚痛求寄笼中，与双鹅并坐。至一树下，书生出，从口中吐出器具肴馔，与彦共饮。喝了一阵，又吐出一女子共坐。书生醉卧，女子吐一男子。书生卧欲觉，女子口吐一锦帐障遮书生，书生乃留女子共卧。男子复吐一女子共酌。闻书生动声，男子曰："二人眠已觉。"因取所吐女人还纳口中。书生处女乃出，曰："书生欲起。"乃吞向男子。然后书生起，与彦告别，吞其女子，诸器皿具肴馔都纳入口中，留大铜盘赠彦而去。后人遂用此作幻中生幻，变化无穷的典故。中郎：袁宏道。

[8]"渐入"二句：《晋书·顾恺之传》："恺之（字长康）每食甘蔗，恒（常）自尾至本。人或怪之，云：'渐入佳境。'"

[9] 倪云林：倪瓒，字元镇，号云林居士，江苏无锡人。与黄公望、王蒙、吴镇合称"元四家"，擅画山水墨竹。书法有晋人风度，亦擅诗文。存世画作有《六君子图》《渔庄秋霁图》等。

[10] 荆：荆浩。字浩然，号洪谷子。五代后梁画家。擅画北方雄峻的山水，为北方山水画派之祖。夏：夏圭。南宋画家，宁宗时任画院待诏。喜用秃笔，风格苍老雄放。

芙蓉石

芙蓉石今为新安^[1]吴氏书屋。山多怪石危峦，缀以松柏，大皆合抱。阶前一石，状若芙蓉，为风雨所坠，半入泥沙。较之寓林奔云^[2]，尤为苗壮。但恨主人深爱此石，置之怀抱，半步不离，楼榭逼之，反多阻塞。若得础柱相让，脱离丈许，松石间意，以淡远取之，则妙不可言矣。吴氏世居上山，主人年十八，身无寸缕，人轻之，呼为吴正官^[3]。一日早起，拾得银簪一枝，重二铢^[4]，即买牛血煮之以食破落户。自此经营五十余年，由徽抵燕，为吴氏之典铺八十有三。东坡曰："一簪之资，可以致富。"观之吴氏，信有然矣。盖此地为某氏花园，先大夫以三百金折其华屋，徙造寄园，而吴氏以厚值售其弃地，在当时以为得计。而今至吴园，见此怪石奇峰，古松茂柏，在怀之璧，得而复失，真一回相见，一回懊悔也。

张岱《芙蓉石》诗：

吴山为石窟，是石必玲珑。
此石但浑朴，不复起奇峰。
花瓣几层摺，堕地一芙蓉。
痴然在草际，上覆以长松。
濯磨如结铁，苍翠有苔封。
主人过珍惜，周护以墙墉。

恨无舒展地，支鹤闭韬笯[5]。

仅堪留几席，聊为怪石供。

【注释】

[1]新安：今江苏新沂县。

[2]寓林奔云：见卷一《奔云石》。

[3]正官：编制内的官吏，相对赠官或额外官而言。此语含讥讽，因杭州方言"正官"音和"精光"相近。

[4]铢：二十四铢为一两。

[5]支鹤：指支遁的鹤。支遁，字道林，晋僧，平生好鹤。韬笯：幽暗的笼子。

云居庵

云居庵在吴山，居鄙。宋元祐间，为佛印禅师[1]所建。圣水寺，元元贞[2]间，为中峰禅师[3]所建。中峰又号幻住，祝发[4]时，有故宋宫人杨妙锡者，以香盒贮发，而舍利丛生，遂建塔寺中，元末毁。明洪武二十四年，并圣水于云居，赐额曰云居圣水禅寺。岁久殿圮，成化间僧文绅修复之。寺中有中峰自写小像，上有赞云："幻人无此相，此相非幻人。若唤作中峰，镜面添埃尘。"向言六桥有千树桃柳，其红绿为春事浅深，云居有千树枫柏，其红黄为秋事浅深，今且以薪以樵[5]，不可复问矣。曾见李长蘅题画曰："武林城中招提之胜，当以云居为最。山门前后皆长松，参天蔽日，相传以为中峰手植，岁久，浸淫为寺僧剪伐，什不存一，见之辄有老成凋谢之感。去年五月，自小筑至清波访友寺中，落日坐长廊，沽酒小饮已，裴回城上，望凤凰南屏诸山，沿月踏影而归。翌日，遂为孟旸画此，殊可思也。"

李流芳《云居山红叶记》：

余中秋看月于湖上者三，皆不及待红叶而归。前日舟过塘栖[6]，见数树丹黄可爱，跃然思灵隐、莲峰之约，今日始得一践。及至湖上，霜气未遍，云居山头，千树枫柏尚未有酣意，岂余与红叶缘尚悭与？因忆往岁忍公有代红叶招余诗，余亦率尔有答，聊记于此："二十日西湖，领略犹未了。一朝别尔归，此游殊草草。当我欲别时，千山秋已老。更得少日留，霜酣变林杪。子常为我言，灵隐枫叶好。千红与万紫，乱插向晴昊。烂然列锦锈，森然建旂旄[7]。一生未得见，何异说食饱[8]。"

高启《宿幻住栖霞台》诗：

窗白鸟声晓，残钟渡溪水。
此生幽梦回，独在空山里。
松岩留佛灯，叶地响僧履。
予心方湛寂，闲卧白云起。

夏原吉[9]《云居庵》诗：

谁辟云居境，峨峨瞰古城。
两湖晴送碧，三竺晓分青。

经锁千函妙，钟鸣万户惊。

此中真可乐，何必访蓬瀛。

徐渭《云居庵松下眺城南》诗：

夕照不曾残，城头月正团。

霞光翻鸟堕，江色上松寒。

市客屠俱集，高空醉屡看。

何妨高渐离[10]，抱却筑来弹。

（城下有瞽目者善弹词。）

【注释】

[1]佛印禅师：宋僧，江西浮梁人，法名了元。尝四度住云居。崇净土宗，出入儒道佛三教。朝廷赐号"佛印禅师"。宋代笔记小说多载其与苏轼交往的故事。

[2]元贞：元成宗的年号。

[3]中峰禅师：元僧明本，号中峰，钱塘（今杭州）人，自幼习佛，二十五岁出家，参临济宗高峰原妙禅师而得心印。出游各地，后住持天目山狮子院传法，名重一时，曾得元仁宗赐号。

[4]祝发：断发。后谓削发为僧。

[5]以薪以槱：替以柴火积聚。《诗经·大雅·棫朴》："芃芃棫朴，薪之槱之。"

[6]塘栖：在杭州北部，京杭大运河穿镇而过，故为水路要津。

[7]旂旐：旗帜。旂，上画龙形，竿头系铃的旗。旐，绘有龟蛇的旗。

[8]说食饱：画饼充饥之意。

[9]夏原吉：字维喆，明成祖朝任户部尚书，仁宗朝户部尚书，进少保兼太子少傅。卒，赠太师。

[10]高渐离：战国时燕人，荆轲的朋友，擅长击筑。曾在易水之畔为前往行刺秦王的荆轲送别。秦始皇召他击筑，并熏瞎其双眼，他在筑中暗藏铅丸，借机用筑击秦王，未中，被杀。

施公庙

施公庙在石乌龟巷，其神为施全，宋殿前[1]小校也。绍兴二十年二月朔，秦桧入朝，乘肩舆过望仙桥，全挟长刃遮道刺之，透革不中，桧斩之于市，观者如堵墙，中有一人大言曰："此不了事，不斩何为！[2]"此语甚快。秦桧奸恶，天下万世人皆欲杀之，施全刺之，亦天下万世中一人也。其心其事，原不为岳鄂王起见，今传奇以全为鄂王部将，而岳坟以全入之翊忠祠[3]，则施全此举，反不公不大矣。后人祀公于此，而不配享岳坟，深得施公之心矣。

张岱《施公庙》诗：

施殿司，不了汉，刺虎不伤蛇不断。
受其反噬齿利剑，杀人媚人报可汗[4]。
厉鬼街头白昼现，老奸至此拚[5]其面。
邀呼簇拥遮车幔，弃尸漂泊钱塘岸。
怒卷胥涛走雷电，雪巘移来天地变。

［1］殿前：即殿前司，宋代禁军机构。

［2］此不了事：不了事即不懂事。

［3］翊忠祠：在岳王坟旁，祀刘允升、施全。

［4］"杀人"句：金兀术曾谓秦桧："必杀飞，始可和。"可汗，指金主。

［5］拚：掩。

三茅观

三茅观在吴山西南。三茅者，兄弟三人，长曰盈，次曰固，季曰衷，秦初咸阳人也。得道成仙，自汉以来，即崇祀之。第观中三像，一立、一坐、一卧，不知何说。以意度之，或以行立坐卧，皆是修炼功夫，教人不可蹉过耳。宋绍兴二十年，因东京旧名，赐额曰宁寿观。元至元间毁，明洪武初重建。成化十年建昊天阁。嘉靖三十五年，总制胡宗宪以平岛夷功，奏建真武殿。万历二十一年，司礼孙隆重修，并建钟翠亭、三义阁。相传观中有褚遂良[1]小楷《阴符经》墨迹。景定庚申[2]，宋理宗以贾似道有江汉功[3]，赐金帛巨万，不受，诏就本观取《阴符经》，以酬其功。此事殊韵，第不应于贾似道当之耳。余尝谓曹操、贾似道千古奸雄，乃诗文中之有曹孟德，书画中之有贾秋壑，觉其罪业滔天，减却一半。方晓诗文书画，乃能忏悔恶人如此。凡人一窍尚通，可不加意诗文，留心书画哉？

徐渭《三茅观观潮》诗：

黄幡绣字金铃重，仙人夜语骑青凤[4]。
宝树攒攒摇绿波，海门[5]数点潮头动。
海神罢舞回腰窄，天地有身存不得。
谁将练带括秋空？谁将古槩[6]量春雪？
黑鳌载地几万年，昼夜一身神血干。
升沉不守瞬息事，人间白浪今如此。
白日高高惨不光，冷虹随身萦城隍。
城中那得知城外，却疑寒色来何方。
鹿苑草长文殊死[7]，狮子随人吼祇树[8]。
吴山石头坐秋风，戴着高冠拂云雾。

又《三茅观眺雪》诗：

高会集黄冠[9]，琳宫[10]夜坐阑。
梅芳成蕊易，雪谢[11]作花难。
檐月沉怀暖，江峰入坐寒。
暮鸦惊炬火，飞去破烟岚。

【注释】

[1] 褚遂良：字登善，钱塘（今杭州）人。唐高宗时官至尚书右仆射、知政事，封河南郡公，后被贬死。为"初唐四大家"之一。《阴符经》：全称《黄帝阴符经》，道教重要经典，多谈道家修养，间涉丹术。

［2］景定：宋理宗的年号。庚申：1260年。

［3］贾似道有江汉功：1295年，蒙古攻鄂州，贾似道领兵出援，私下向忽必烈称臣纳币，蒙古兵引还，诈称大捷。

［4］青凤：传说中为修炼得道的仙人所骑。

［5］海门：此当指古代龛、赭两山夹江对峙，所形成的"海门"。

［6］概：量谷物的器具，用来刮平斗斛。

［7］鹿苑：鹿野苑，古印度地名，佛成道处。文殊：文殊菩萨，佛教四大菩萨之一。释迦牟尼佛的左胁侍菩萨，顶结五髻，手持宝剑，代表智慧锐利。

［8］狮子：传说为文殊菩萨的坐骑。祇树：祇树园中供养佛的树。

［9］黄冠：指道士。

［10］琳官：仙官、道观。

［11］谢：此指融化。

紫阳庵

紫阳庵在瑞石山。其山秀石玲珑，岩窦窈窕。宋嘉定间，邑人胡杰居此。元至元间，道士徐洞阳得之，改为紫阳庵。其徒丁野鹤修炼于此。一日，召其妻王守素入山，付偈云："懒散六十年，妙用无人识。顺逆俱两忘，虚空镇长寂。"遂抱膝而逝。守素乃奉尸而漆之，端坐如生。妻亦束发为女冠，不下山者二十年。今野鹤真身在殿亭之右。亭中名贤留题甚众。其庵久废，明正统甲子[1]，道士范应虚重建，聂大年[2]为记。万历三十一年，布政史继辰、范涞构空翠亭，撰《紫阳仙迹记》，绘其图景并名公诗，并勒石亭中。

李流芳《题紫阳庵画》：

　　南山自南高峰逦迤而至城中之吴山，石皆奇秀一色，如龙井、烟霞、南屏、万松、慈云、胜果、紫阳，一岩一壁，皆可累日盘桓。而紫阳精巧，俯仰位置，一一如人意中，尤奇也。余己亥岁与淑士[3]同游，后数至湖上，以畏入城市，多放浪两山间，独与紫阳隔阔。辛亥偕方回[4]访友云居，乃复一至，盖不见十余年，所往来于胸中者，竟失之矣。山水绝胜处，每恍惚不自持，强欲捉之，纵之旋去。此味不可与不知痛痒者道也。余画紫阳时，又失紫阳矣。岂独紫阳哉，凡山水皆不可画，然不可不画也，存其恍惚而已矣。书之以发孟旸一笑。

袁宏道《紫阳宫小记》：

　　余最怕入城。吴山在城内，以是不得遍观，仅匆匆一过紫阳宫耳。紫阳宫石，玲珑窈窕，变态横出，湖石[5]不足方比，梅花道人[6]一幅活水墨也。奈何辱之郡郭之内[7]，使山林懒僻之人亲近不得，可叹哉。

王稚登《紫阳庵丁真人祠》诗：

丹壑断人行，琪花[8]洞里生。
乱崖兼地破，群象逐峰成。
一石一云气，无松无水声。

丁生化鹤[9]处，蜕骨不胜情。

董其昌《题紫阳庵》诗：

初邻尘市点灵峰，径转幽深绀殿重。
古洞经春犹闷雪，危厓百尺有攲松。
清猿静叫空坛月，归鹤愁闻故国钟。
石髓[10]年来成汗漫，登临须愧羽人踪。

【注释】

[1]正统甲子：1444年。正统：明英宗的年号。

[2]聂大年：号东轩，临川人。明代诗人，文章流丽。荐入翰林，修辽、金、宋三史。

[3]己亥：万历二十七年（1599）。淑士：王志坚。

[4]辛亥：万历三十八年（1611）。方回：邹仲锡，字方回。

[5]湖石：太湖石，以"瘦、透、漏、皱"之玲珑美著称。

[6]梅花道人：吴镇，字仲圭，号梅花道人，浙江嘉兴人。"元四大家"之一，山水师法董源、巨然，兼取马远、夏圭、水墨苍莽。

[7]辱之郡郭之内：置于城内，有所辱没。

[8]琪花：仙境中的花草，其美如玉。

[9]丁生：丁令威。道教崇奉的仙人。辽东人，学道于灵墟山。得道成仙后驾鹤飞升。后飞回故里，立于一华表柱上，有少年欲射之，鹤乃飞，于空中高唱："有鸟有鸟丁令威，去家千年今始归。城郭如故人民非，何不学仙冢累累。"以此警喻世人。此处以丁令威比丁野鹤。后董其昌诗"归鹤"亦化用此典。

[10]石髓：石钟乳。古人用以服食，也可入药。